JN130611

誘惑トップ・シークレット

Michiru & Syu

加地アヤメ

Ayame Kaji

EB

エタニティ文庫

目次

誘惑トップ・シークレット

一　冷たい男と縁のない女

今日も犠牲者が一人。

社員それぞれが自由な時間を過ごす昼休み、私が所属する総務課のフロアでの出来事だ。

私から二つほど離れたデスクで、三つ年下の女性社員が、大きなため息をついている。

「やっぱりフラれちゃった……」

「だから言ったじゃない。あの人はダメだって！」

彼女に寄り添う同期の女性社員が小声ながらも強い口調で諭《さと》した。

「え〜、でもさあ……冷たい冷たいって言われてても、やっぱ男じゃん？　強く押したら断らないかなって……」

「あの人にこっちの常識なんて通用しないのよ。むしろ女を愛せないって噂が本当なんじゃない？」

「でも超格好いいからさぁ……」

フラれたという女の子は、がっくりと落ち込んだように視線を落とした。

さて。後輩二人の会話をしっかり盗み聞きしている私──横家未散《よこやみちる》は、割と大きな企業の総務課で働いているOLだ。

彼女達が話しているのは、おそらく営業部の有名人のことだろう。

笹森柊《ささもりしゅう》、二十九歳。営業部でもやり手と噂の人物だ。

少し長めの黒髪をワックスで後ろに流し、涼しげな目元と、スッと通った鼻筋をした綺麗な顔立ち。更に身長は百八十センチ以上もあり、スタイルの良さと相まって、ファッションモデルのようだ。

完璧を絵にかいたような笹森さんだが、ただひとつ大きな欠点がある。

彼は、何故か女性社員に冷たいのだ。

こんなに冷たくてちゃんと営業ができるのか？　って思うほど。

男性とは仲良く話をしているのでゲイ疑惑もあったが、さすがにそれは本人が否定したらしい。

そんな笹森さんではあるが、とにかく女性社員に人気があった。

私が入社して四年。部署は違えども、誰が笹森さんに告《こく》ったかなどの噂だけはバンバン耳に入ってくる。それを聞く度に、みんな物好きだなと思っていた。

私は好きになるなら優しい人がいい。

「あれ、横家さん、新聞読んでるの？」

ふいに声をかけられて私の胸がドキッと跳ねた。顔を上げると、爽《さわ》やかな笑顔が目に入る。二年先輩の川島研太《かわしまけんた》さんだ。

「あっ、はい」

彼は私の手元を覗《のぞ》き込むと、感心したように声を上げた。

「へぇ、意外だなぁ。横家さんって経済新聞読むんだ？」

「はい、結構面白いですよ」

「あ、馬鹿にしてるわけじゃなくて、新聞よりファッション誌とかの方が似合いそうだからさ」

そう言って、くしゃっと笑う。

たわいもない会話を交わし、川島さんは笑みを浮かべたまま自分のデスクに戻って行った。

そんな川島さんの背中を見ながら、ため息をつく。

彼は、私がまだ右も左も分からない新入社員だった頃の教育係だ。いつも優しく接してくれて、他の先輩にミスを叱られたときも、こっそり慰《なぐさ》めてくれたっけ。

そんな川島さんに、私は淡い恋心を抱いていたのだ。

けれど彼は、つい最近結婚を発表した。

聞いたときはやっぱり衝撃を受けた。でも、以前から彼女がいるという話は聞いていたし、いつかこの日が来ると覚悟していた。

ただ、好きな人がいなくなっただけ。

自分はどうやら、そういった色恋沙汰《いろこいざた》とはほど遠いようなのだ。

初恋の人も、その次好きになった人も優しい人だったけれど、告白もできずに終わっている。

気づけば、二十六歳の今まで一度も恋人ができないまま来てしまっていた……

翌日。昼休みになり、お決まりのコンビニで買ったおにぎりとサンドイッチを食べる。

その後、暇を持て余した私はスマホと新聞を持って屋上へ行った。

この時間の屋上は昼食を食べている人だったり、昼寝をしてる人だったりと、様々な人がいる。

屋上の開放感が好きな私は、昼休みの時間が余るとよくここに来ていた。もちろん、他の女性社員とお喋《しゃべ》りしたりもするけど、たまには一人で過ごす時間があってもいいと思うのだ。

私は日陰に腰を下ろし、持ってきた新聞を広げつつスマホを弄《いじ》り始める。

夢中になってｗｅｂの経済ニュースをチェックしていると、突然強い風が吹いて、広げていた新聞が飛んでいってしまった。

「あっ！」

風に乗って飛んでいった新聞は、近くで昼寝していた人の上にばさりと落ちる。

私は慌《あわ》てて立ち上がると、その人のところに向かった。

「す、すみません！」

昼寝していた人は、顔にかかった新聞をむんずと掴《つか》むとマジマジと紙面を見つめた。

「経済紙……？」

その人の顔を見た私は、思わずその場でたじろいでしまう。

何故なら昼寝をしていたのは……まさかの有名人、笹森さんだったからだ。

「お、お休みのところ、すみませんでしたっ」

私は急いで頭を下げると、笹森さんの持っている新聞に手を伸ばした。けれど、掴んだ新聞はピクリとも動かない。

「え、あれっ？」

「……これ、あんたの？」

笹森さんが新聞を掴んだまま、そう聞いてくる。

「そうですけど……」

「ふうん」

そう言うと笹森さんが、ぱっと新聞から手を離した。私は新聞をたたんで、もう一度ぺこっと頭を下げ、急いで屋上を後にした。

「はあ、びっくりした……」

階段を降りながら、ドキドキする心臓を押さえる。

まさかこんなところに笹森さんがいるなんて思わなかった。しかもあんな至近距離で顔を見たことがなかったから、びっくりしちゃったよ。

確かにあんなイケメンそうそういないかも。女性社員が騒ぐのも納得できる。

でも……噂通り冷たそうだった。あれじゃあ、せっかくのイケメンも台なしだよね。

昼休みはいつもここなのかなあ。なんかえらく端っこの方にいたけど。

もしかして、女性社員の目から逃げるためだったりして。

モテる男は大変だね……

でも私は、どんなにイケメンでも彼を恋愛対象としては見られないな。

そのときの私は呑気にそんなことを考えていたのだった。


意図せぬ笹森さんとの遭遇の翌日。

「えっ、異動ですか？」

朝、課長に呼ばれて会議室に向かうと、開口一番そう告《つ》げられた。

「営業部でアシスタントしてた子が妊娠《にんしん》悪阻《おそ》で入院しちゃってね。たぶんこのまま産休に入るか、最悪退社しちゃいそうなんだよ。だから、早急に一人アシスタントが必要になってね」

「私、総務から出たことがないので、営業部のアシスタントに入っても即戦力にはならないと思うんですけど……」

「あ、大丈夫。営業部によれば、アシスタントを必要としている社員は、凄く仕事のできる人だから、君への負担は最小限で済むって。君、要領いいし、お願いしていいかな?」

いきなりすぎて上手《うま》く頭が働かない。

だけど、結婚が決まって幸せそうな川島さんから離れるのもいいか、という考えが一瞬頭をよぎる。気がつけば私は、異動を了承してしまっていた。

来週から異動になるということで、慌《あわ》ただしく引き継ぎを済ませることになった。

そして異動当日の朝、荷物を纏《まと》めて営業部に行く。

事情を話すとすぐにデスクに案内された。

「君にアシスタントしてもらう社員、もうすぐ来るから。まあ、有名人だからすぐ分かると思うけど」

……嫌な予感がする。

「知ってるよね？　笹森」

ああ……予感的中！

すでに上手くやっていける気がしない……

私は荷物を持ったまま、しばらくその場に立ちつくしてしまった。

しばらくすると、次々と営業部の面々が出社してきた。

朝のミーティングで、直属の上司である課長から、簡単に私の紹介がされる。続けて「じゃ、横家さんひとことどうぞ」と言われた私は、やや緊張気味に口を開いた。

「総務部から来ました横家未散です。どうぞよろしくお願い致します」

ペコリと頭を下げると、よろしく、と周りから声がかかる。

「じゃあ後は彼に指示してもらって」

そう言って課長が視線を向けた先には、無表情な笹森さん。

「……よろしく」

ニコリともせずそう言われ、私も慌てて「よろしくお願いします」と頭を下げる。

すると彼は、「じゃ、仕事の説明するからこっち来て」と自分のデスクに手招いた。

急いで彼の席まで行くと、クルリと向きを変えてパソコン画面を私に向ける。そして、そのまま業務の説明を始めた。

最初に日常業務をざっくり説明した後は、顧客についての説明が続く。

きっと口調とかもキツいんだろうな……と覚悟していたのに、意外にも笹森さんは声を荒らげることはなく、教え方もとても分かりやすかった。

なんだか噂に聞いていた人物像と違うな……

困惑しつつ、私は所々メモを取りながら一気に仕事を教えてもらった。

「分からないことがあったら、その都度《つど》聞いて」

「はい」

「じゃあ、俺出るんで、あとよろしく」

そう言うと、笹森さんはビジネスバッグを持って部署を出て行った。

一気に緊張が解け、思わず息を吐き出しぐったり椅子に凭《もた》れる。

「横家さんは笹森君にドキドキしないのぉ？」

そのとき、斜め後ろから声をかけられた。振り返ると、長い髪を一つに纏《まと》めた、眼鏡の女性がこちらを見ている。

「吉村《よしむら》です。よろしくね。私もあなたと同じアシスタントよ」

間違いなく先輩なんだけど、とても可愛らしい雰囲気の人だった。

「よろしくお願いします。で、なんですか？　ドキドキ？」

「珍し〜、笹森君の近くにいてまったく動揺しないアシスタントは、あなたで二人目だわぁ」

「そうなんですか？」

「だってあれだけ顔が良ければ、つい見惚《みと》れちゃったりするでしょ？　少なくとも今までのアシスタントの子達はみんなポーッとしちゃって、仕事にならなかったもの。その度に笹森君イライラして、よくキレてたわ〜」

「そ、そうなんですか？　じゃあ、もう一人の人っていうのは？」

「前任者よ。あの子は結婚してたから笹森君に気をとられなかったのよ。だから長く続いてたの」

「……モテ過ぎるってのも大変なんですねぇ」

「そうねぇ。笹森君なりに苦労してると思うわよ〜。でも横家さんとなら上手《うま》くやっていけるかもね」

吉村さんはウフフ、と意味深な笑みを浮かべる。

それはどうだろう……。正直、あんな有名人と上手くやっていける自信なんて、まるでない。

その日は仕事を覚えるだけで精一杯で、気がついたら終業時間を迎えていた。

笹森さんは昼に一度帰ってきたが、その後もずっと外回りに出ている。

帰ってくるまで待ってた方がいいのかな、と悩んでいたら、ちょうど笹森さんが帰社した。

「お、お疲れ様です」

「これ、伝票。処理は明日でいいから」

笹森さんは挨拶《あいさつ》もなく伝票を私のデスクに置くと、そのまま自分の席に行ってしまった。

……こんな人と上手《うま》くやっていくって無理じゃない？

内心で途方に暮れた。そしてなんとなく帰るタイミングを逃した私は、ススッと吉村さんの側《そば》に行き耳打ちする。

「あの、笹森さんの仕事、手伝った方がいいですか？」

すると吉村さんも私に耳打ちする。

「たぶん一人でやりたいだろうから、今日は帰って大丈夫よ」

吉村さんのアドバイスに従い、私は帰り支度をして笹森さんの席へ向かった。

「笹森さん、お先に失礼致します」

「ああ。お疲れ様」

吉村さんにも挨拶をして私は部署を出た。

外に出た途端、どっと疲れが押し寄せてくる。

覚えることだらけの仕事内容や新しい人間関係に、いつも以上に気を張っていたようだ。何より、あの笹森さんのアシスタントというプレッシャーに、心身ともにへとへとになる。

これから毎日あの無表情が待ってると思うと気が重くて仕方がない。

はあああ、と大きくため息をついた。

「あー、もう考えるのやめよ！」

こんなときは趣味に没頭するに限る！

緊張と不安でいっぱいだった気持ちを、完全に趣味モードに切り替えた。

そうだ。家に帰れば私には楽しみがある……ふふふ……

家に着くと、途中コンビニで買ってきた弁当を炬燵《こたつ》に置いた。

大学進学と同時に一人暮らしを始めた私は、以来1Kの古いアパートに住み続けている。

六畳のフローリングにかろうじて二口《ふたくち》コンロがついたキッチン。そしてユニットバス。狭いし収納が少ないから、荷物が増える度に実家に送り付けてなんとか居住スペースを確保するような有様だけど、住み慣れてるし会社にも近いから引っ越すつもりはない。

私は部屋着の黒いジャージに着替えると、炬燵に入ってほっと一息ついた。

ジャージは洗濯しすぎて毛玉が凄いことになっているけど、なんだかんだでこれが一番楽なのだ。とてもじゃないけどこんな姿、他人《ひと》には見せられないけどね。

買ってきたコンビニ弁当を食べ終えた私は、いそいそと炬燵の上のノートパソコンを立ち上げた。

早速開いたページは、ネット証券の口座管理画面。

本日の日経平均株価は昨日に比べて二百円ほど上昇。私が株主優待目当てで買った銘柄の株価も軒並《のきな》み上がっていた。

画面を見ながら、思わず頰が緩《ゆる》む。

そう。私の今のお楽しみは、株式投資なのだ。

一年ほど前、たまたま「十万円からできる株式投資」と書かれた雑誌を見かけたのが、株を始めたきっかけだ。

ちょうど、想いを寄せる川島さんに彼女がいると知った直後だったこともあり、何か夢中になれるものが欲しかった。

その雑誌を買った私は、すぐに他の雑誌やネットでも株について勉強し、晴れてネット証券の口座を開設したのだ。

最初は、比較的安い銘柄からちまちまと買い始めた。やり始めたばかりの頃は緊張したけど、自分の買った株の値段が上がっているのを見ると、利益はたいしたことがなくても凄くテンションが上がった。

もちろん株価は下がることもある。そんなときは、早めに見極めて損する前に売却するのだ。

慣れてくると、これから利益が出そうな業種や会社を知るため、よく新聞を読むようになった。

その日に買った株をその日のうちに売却して利益を得るデイトレードなんかにも興味が出てくる。だけど、平日は会社があるので、パソコンのモニターにずっとはりついて相場を見続けるなんてできないからね。第一、素人にはリスクが大きすぎる。

だから私が主に購入するのは、値動きが安定している株主優待銘柄だけ。

株主優待制度は、毎年決められた時期にその企業の株をある程度保有していることを条件に、株主が優待を受けられる制度のことだ。もちろん実施していない企業もあるけど、どの企業がどんな優待を実施しているのかをホームページや雑誌で調べているだけでも楽しい。

「いまは、このハムがとっても欲しい……」

私が買っているこの食品メーカーは、株主優待として年に一度ハムを送ってくれる。それもお歳暮とかでよく見る立派な塊《かたまり》を、だ。

一人暮らしでハムの塊ってなかなか買わないし……ちょっと厚めに切ってハムステーキとか最高だよなあ。

株価のチャートを見ながらそんなことを考えているうちに、抱えていたストレスや仕事への不安なんて、きれいさっぱり頭の中から消え去っていた。

営業部に異動になって数日後。

少し仕事に慣れてきた私に、思わぬ爆弾が落ちてきた。

「え、私も取引先に行くんですか？」

「そう」

いつものごとく全く表情を変えずに、笹森さんが言う。

たぶん今、私は鳩が豆鉄砲《まめでっぽう》を食らったような顔をしているに違いない。

「あそこの担当者はよく電話してくるし、たまにここにも来るからな。君も顔を知っておいた方がいい」

凄い。笹森さんが割とたくさん喋《しゃべ》った。それに初めて〝君〟って言われたよ。

「それじゃあ、十分後、車で出るから」

「は、はい……」

よかった、今日変な服着てこなくて。

うちの会社は制服がないので、内勤の女性社員も私服なのだ。

更衣室で準備をして部署に戻ると、ビジネスバッグを持って待っていた笹森さんが歩き出した。

「行くぞ」

「はい」

取引先までどれくらいかかるか知らないが、果たして道中の会話はもつのか。

それだけが心配だった……

二人きりの車の中、お互いに何も言葉を発さないまま二十分が過ぎた。

助手席に座り、何もすることのない私はただ黙ってじっとしているだけ。

くっ、口が疼《うず》く……何か喋りたい……私あまりお喋りな方じゃないんだけど、今猛烈に何か喋りたい……否、言葉を発したい……！

（ていうか笹森さん何か喋ってよっ！　上司でしょーっ。こんなときこそ使うべきじゃないんですか、営業で培《つちか》ったコミュニケーションスキルを！）

喋りたいという欲求がおかしな方向に作用して、笹森さんに対する苛立《いらだ》ちが募《つの》る。

チラリと横目でハンドルを握る笹森さんを見ると、相変わらず涼しい顔で進行方向を見据《みす》えている。その横顔は、確かに整っていてかっこいい。女性達が見惚《みと》れてしまうのも分かる気がする。

まあ、それは置いておいて――毎回こんなに会話がないんだったら、私、後部座席乗った方がいいんじゃないですかね。

後部座席だったらほら、タクシーみたいだし。この無言地獄にも耐えられるんじゃないかと……

「おい」

ん？　気のせいかな。今、声が聞こえたような。

「おい」

気のせいじゃなかった。

信号待ちをしている間、少し不機嫌そうに眉を寄せた笹森さんが私を見ていた。

「あっ、す、すみません。なんですか？」

まさか笹森さんの方から声をかけてくるとは思わず、びっくりした私は慌《あわ》てて頭を下げる。

「なんか喋《しゃべ》れ」

「はい？」

「さすがに二十分近く無言はキツい」

なんだ……あなたもそう思っていたのですね。

「はあ」

「ずいぶんやる気のない返事だな」

しまった、つい地のまま返事しちゃったよ！

「す、すみません！　失礼な態度を……」

「や、いいよ。かえって話しやすいから、そのままでどうぞ」

焦って謝る私を横目に見て、やや口元に笑みを浮かべた笹森さんがそう言った。

「そ、そうですか？　じゃあお言葉に甘えて……。で、何を喋りましょう」

「なんでもいい。適当に喋れ」

適当に喋れと言われても、笹森さん相手に一体何を喋ったらいいのか……

困惑する私に、笹森さんは「何もないのかよ」と更に追い打ちをかける。

「いやその……笹森さんと私の共通の話題が見当たらないので」

「共通の話題でなくたっていいよ」

……それじゃ余計話題がないんですけど……

「普段女同士で何喋ってんだ？」

「え……、今話題の食べ物の話、スポーツの話、気になる異性の話、とかですかね？」

「そういう話でいいんだけど」

それこそ困るんですけど。

うーん、話題話題……あ、そうだ。

こんなふうに笹森さんと二人きりで話す機会なんてそうないだろうから、思いきってみんなが気になっているだろうことを直接聞いてみようかな。

「あの、笹森さんはあんまり仕事以外で女性と話しませんよね」

笹森さんは、運転しながら私を横目でチラリと見る。そして、「まあな」とぶっきらぼうに返事をした。

「女性が嫌いなんですか？」

「……ゲイではない」

「それは噂で聞きました」

少しの間無言で何かを考えていた笹森さんは、はぁ～と大きなため息をついた。

この人、言葉が少ないから誤解されちゃうんだろうなぁ。

「仕事以外で女性と話してるだけで噂立てられる俺の身にもなれよ」

「えっ。話してるだけで？」

「……そうだよ」

笹森さんは余程今までいろいろなことがあったのか、苦虫《にがむし》を噛み潰《つぶ》したような表情をしている。

「俺から言わせれば、ろくに話もしたことないのになんで好きとか言ってくるのか理解できない」

「それだけモテる要素が備わってたら仕方ないんじゃないですか？」

贅沢《ぜいたく》な悩みだよ。ほんと。

「……そう言いながらお前は、冷静だな」

気がつけばお前と呼ばれていることに少し驚きつつ、笹森さんの横顔を見た。

「恋愛から遠ざかっているので、客観的に見られるのかと」

「……お前、恋愛してないのか？」

そこ、突っ込んで聞きますか。

自信を持って言うことでもないので、笹森さんから視線を逸《そ》らし、俯《うつむ》きながら小さな声で返事をした。

「好きな人はいました。今はいませんけど」

「フラれたのか？」

うっ、また聞かれたくないことを。

眉間に皺《しわ》が寄らないように、必死で無表情を装《よそお》う。

「直接フラれたわけじゃないです」

知らず低いトーンで話す私を、さして気にも留めず笹森さんは「ふうん」と呟《つぶや》いた。

なんでこんなことをこの人に喋《しゃべ》ってるの、私。相手はあの有名人、笹森さんだというのに。なんだか落ち着かなくなって、膝の上の自分の手ばかり見てしまう。

そんなやり取りをしているうちに、取引先に到着する。

笹森さんに連れられて応接室に入ると、早速女性社員がお茶を持ってきてくれた。彼女は私の隣に座る笹森さんに嬉しそうに話しかけている。

しかし相手が取引先となると、笹森さんの態度が全然違う。表情が優しげで、声のトーンもいつもより柔らかい。

ちょっと待ってこの人誰？　これ別人？

驚いた私がまじまじと見つめていたら、担当の男性が入ってきた。それを見て笹森さんがすっと立ち上がったので、私もそれに倣《なら》う。

「沢田《さわだ》さん、いつもお世話になってます」

「こちらこそいつもお世話様。笹森さんが来るって女性社員に話したら、みんなそわそわしちゃって大変だよ。相変わらず人気だねー。お、今日は一人じゃないの？」

「ええ、新しく配属になった横家です。横家、こちら担当の沢田さん」

「横家です。よろしくお願い致します」

笹森さんに紹介された私は、ぺこりと頭を下げ、沢田さんと名刺の交換をした。

沢田さんは見た感じ笹森さんより少し年上で、気さくな印象の人だ。横にアシスタントっぽい女性が座っているが、その視線は完全に笹森さんにロックオンされている。頬がやけに紅潮しているところを見ると、この人も笹森ファンに違いない。

沢田さんと打ち合わせをする笹森さんは、会社でのぶっきらぼうな彼とはまるで別人だった。笑顔と軽快なトークで相手を和《なご》ませる姿は、普段とギャップがありすぎてびっくりする。

私がポカンと呆気に取られているうちに打ち合わせは終わり、笹森さんが立ち上がった。それに気づいた私も慌《あわ》てて立ち上がって頭を下げる。

取引先を出て再び車に乗り込むと、笹森さんは気が抜けたようにふう、と息をついた。

「担当の沢田さんは、気さくで話しやすい人だし、女性に対しても紳士的でいい人だから」

「分かりました。……あのっ、笹森さんって、営業先ではいつもあんな感じなんですか？　普段とのギャップが凄くてびっくりしました」

「……まあ。じゃないと営業務まらないだろ」

「普段からあんな感じで話せばもっとモテますよ！」

思わず興奮気味にそう提案した私を、いつもの無表情に戻った彼が呆れた様子で見ている。

「……お前こそ、最初とは別人みたいによく喋《しゃべ》るようになったな……」

「す、すみません、ちょっと調子に乗ってしまいました……」

「いや、いいよ。お前がどんなやつなのか、なんとなく分かってきたわ。面白いからそのまま喋ってみな」

笹森さんからお許しが出たことで、更に私の口が滑る。

「やっぱり女性が嫌いなんですか？」

「……お前、結構大胆に突っ込んでくるな」

「なんでしょう、気になりだすと止まらない性分でして」

会話を続けながら笹森さんは静かに車を発進させた。

「嫌いじゃねーよ。だけど……過去にいろいろありすぎて、会社では恋愛する気にならん」

「……そうなんですか」

遠くを見つめてそう言った笹森さんの言葉に嘘はないだろうと思った。そして急に無言になった彼を見て、触れられたくない部分だったのかもしれないと後悔する。

重苦しくなってしまったこの空間をどうにか明るくせねば、と必死で考えて、私の口から出た言葉は――

「じゃ、じゃあ、会社の外ではブッ飛んじゃってる感じなんですね！」

「……は？」

ちょうど信号待ちで車を停めた笹森さんが、ぎょっとしたように私に向き直った。

うわっ……私、またやらかした……

「い、いやあの、しゃ、社内が無理なら社外で、みたいな？」

やらかしてしまったことを笑って誤魔化《ごまか》そうと、無理矢理笑顔を作ってみる。

「お前、どうやったらそういう発想になるんだ？」

笹森さんが感情をなくした表情で私を見る。

「だって……もったいないじゃないですか。笹森さん見た目だけは凄く良いから！」

「今お前、さらっとバカにしただろ」

「してませんて。本心です。私なんて全っ然モテないから、モテるのにその権利を捨てる笹森さんに納得がいかないんです。ってもう、なんで私モテないことを笹森さんに暴露しているんでしょう……」

結果的に墓穴《ぼけつ》を掘ってしまって、なんだか落ち込んでしまった。

「まあまあ。元気出せよ」

がっくりと項垂《うなだ》れた私を、笹森さんが慰《なぐさ》めてくれた。

「しかし、お前、そんなにモテないのか？」

「モテませんよ。じゃなきゃ今頃、彼氏の一人や二人できてるはずでしょ」

「縁がなかっただけじゃないのか」

「……そうかもしれません。というかそう思いたい……」

ふと笹森さんが呟《つぶや》いた。

「縁がなかったのは俺も一緒だな」

笹森さんはそう言って再び車を発進させた。そして私の方を見ずに、

「お前にもそのうちいい相手が現れるさ」

と、優しい口調で言った。これって慰められてるのかな。なんか、複雑な気持ち……

自分がモテないなんて話、するつもりなかったのに、笹森さんがなんだか辛そうな顔するから、つい余計なことまで言ってしまったじゃないか……もう、後悔しかない。

それにしても、あんなにモテる笹森さんにも、会社で恋愛したくなくなるくらい辛い過去があったのか。

やっぱり、想像していたのと違うな……

それからは二人とも口を開かなかったけど、帰りの沈黙は行きほど居心地は悪くなかった。

取引先から戻った私は、事務作業に勤《いそ》しむ。少しずつではあるが仕事にも慣れてきた。今はとにかく間違えないようにと集中して伝票処理をしていたら、すぐ後ろから突然笹森さんに声をかけられた。

「横家」

「へいっ！」

びっくりして勢いよく返事したら、間違った。

斜め後ろにいた吉村さんが「ぶはっ!!」と噴き出したのが聞こえて、恥ずかしくて顔が熱くなってくる。とにかく今は笹森さんに謝らなければ。私は立ち上がると、デスクに手をついて下を向いている笹森さんに頭を下げた。

「すっ、すみません笹森さん、間違えました！　決してふざけているわけでは……」

笹森さんは大きな掌《てのひら》で顔を押さえたまま動かない。これは……ヤバい、怒られるかな……

ところが次の瞬間、笹森さんが噴き出した。

「ふ、ふはっ、ははははははっ!!」

「！」

さ、笹森さんが笑っている……！

もちろん驚いているのは私だけではない。部内の女性陣も、みんな衝撃を受けたように笹森さんを見つめている。驚いている私達を尻目に彼は笑い続ける。

「お、おま……へいっ……て何……江戸っ子かっ……」

苦しそうにお腹を抱えて、笹森さんは目元の涙を拭《ぬぐ》った。

ひーひー言いながらひとしきり笑うと、笹森さんは「す、水分……」と言って給湯室に消えた。結局なんの用だったんだろ……

「ちょっと横家さん！　凄いじゃない、どうやって笹森君を手懐《てなず》けたの？」

興奮した様子の吉村さんが、ガラガラとキャスター付きの椅子に座ったまま近寄ってきた。

「え？　いや、何もしてませんけど……」

「笹森君があんなに笑ったの、久しぶりに見たわ！　きっと明日には社内はこの話題で持ちきりね」

「えっ、そんなまさか……」

「甘いわよ！　笹森君が女性と会話してあんなふうに大笑いすることなんて、この数年なかったんだから。それに彼、横家さんのこと『お前』って言ってなかった？　やっぱり私の目に狂いはなかったわ～」

「い、今の会話になってました？」

困惑する私をよそに吉村さんの興奮はなかなか鎮《しず》まらない。

その後なんとか業務に戻ったものの、周りから向けられる数々の視線が痛くて、仕事が全然手につかなかった。

昼休みになると、吉村さんに「横家さん、お昼一緒に食べようよ」と誘われたので、人がほぼ出払った営業部のフロアでランチをとることにした。

「やっぱり笹森君には横家さんみたいな人が合うのかもねぇ～」

吉村さんは自作の弁当を食べながら嬉しそうにそう言った。私はコンビニで買ってきたサンドイッチとおにぎりを広げ、いやぁ……と誤魔化《ごまか》すようにこめかみをポリポリ掻く。

「吉村さんは笹森さんと私をどうしたいのですか？」

「ん？　あわよくばくっついてくれないかなって！」

かなって……そんな楽しそうに言われても困ります……

ついつい笑顔の吉村さんとは対照的に顔が引きつってしまう。

「……やめてください。社内の女子社員全員を敵に回したくありません」

そうよねえ、と吉村さんは笑いながら弁当に視線を落とした。

「私ねぇ、笹森君の一年先輩なんだけど、ずっと同じ部署だから今までいろいろ見てきたんだよねぇ」

「いろいろ？」

吉村さんの言葉に、先日の出先でのことを思い出した。

「うんまぁ。笹森君がはっきり言ったわけじゃないから私の憶測も入っているだろうけど。彼って今はあんなだけど、入社した頃は普通に女性と話してたし、凄く優しかったのよ」

「へえー……」

そうなんだ。

「だからさっきみたいに笹森君が横家さんと仲良く話してるのを見ると、昔の彼を見てるようでさ、ちょっと嬉しくなるんだよね」

そう言って吉村さんは可愛らしく微笑んだ。

こんなふうに言ってもらえる笹森さんって、本当はどんな人なんだろう。今までは彼に興味なかったのに、なんだかちょっと知りたくなってきた。

「笹森さんって……実は、いい人なんですか？　好きになり始めてたりする？」

「そうよ。とってもね。なに？　好きになり始めてたりする？」

吉村さんがやけに楽しそうに身を乗り出してくる。

「いやいや、それはないですよ」

こればっかりはどうしようもない。個人の好みの問題だし、自分は優しい人が好きなのだ。笹森さんが冷たい人じゃないと分かったけど、だからといって好きになるわけじゃない。

そりゃもちろん、あんなイケメンだし、何かきっかけがあれば変わるかもしれないけど……

なーんて。こんなこと、前は露《つゆ》ほども思っていなかったのに……

そんなふうに考えてる自分にちょっと驚いてしまった。

昼休みが終わりに近づくと、昼食を外で済ませた社員達がフロアに戻ってきた。

私のもとに、外で食事を済ませてきたらしい笹森さんがやって来る。

「おい、横家」

今度こそヘマはするまいと、しっかり「はい」と返事をすると、彼は私を見て苦笑した。

「さっきはヤバかった。ツボに入った」

「なんかすみませんでした……」

さすがに申し訳なく思って、軽く頭を下げた。

「まぁ、大した用じゃなかったんだけど。仕事に慣れたか、聞こうと思ったんだよ」

「ああ、そうでしたか。ありがとうございます。周りの皆さんの手助けもありまして、だいぶ慣れました」

「うん、横家が作った会議の資料良かったよ、見やすくて分かりやすい。それに伝票の処理速くて助かってる。溜め込まないし」

もしかして、褒《ほ》められてる?

「これからは俺がやってた分の仕事、もっと回していくわ」

「分かりました」

私が頷《うなず》くと、「じゃ、早速だけどこれよろしく」とファイルを渡された。

「ああ、そうだ。お前これ読むか?」

そう言って、笹森さんが私の目の前に新聞を差し出した。

見るといつも私が読んでいる経済紙だった。

「いいんですか?　今日まだ買ってなかったんです」

「前、屋上で読んでただろ？」

「えっ、覚えてたんですか？」

「屋上で新聞読んでる女性社員なんて珍しいからな」

「それって、私がオジサン臭いって言いたいんですか？」

笹森さんから新聞を受け取りつつ上目づかいに睨《にら》む。すると、笹森さんは口角を上げてニヤリと笑った。

「いいや？」

不覚にもその笑顔にちょっと胸がきゅんとなってしまった……

しまった。

翌日出社すると、社内の様子がいつもと違う。

いや、違うのは私を見る女性社員の視線か……

なんだろう、憎しみや妬《ねた》みまではいかないけど、好奇とでもいうべきか？　通りすがりにチラ見されている。

「横家せんぱーい！」

振り返ると、総務で一緒だった風祭《かざまつり》美香《みか》ちゃんが笑顔で手を振りながら駆け寄ってきた。

美香ちゃんは、先日デスクで笹森さんにフラれてしまったと嘆《なげ》いていた子だ。

身長は私より小さくて、たぶん百五十五センチくらい？　お洒落《しゃれ》でイマドキの子だけど、仕事に取り組む姿勢は真面目だし明るく元気で私は好きだった。

「美香ちゃん、久しぶり」

「お久しぶりです。それより、先輩ちょっとこっちに」

美香ちゃんに腕を引っ張られ、自販機の近くの休憩スペースに連れて行かれる。なんだろうと思っていると、美香ちゃんが神妙な面持《おもも》ちで話し出した。

「先輩……笹森さんと噂になってるんですけど、付き合ってるって本当ですか？」

「はっ⁉」

うわー、吉村さんが言ってた通りだ。

少しゲンナリしながら美香ちゃんと向き合った。

「……それって笹森さんが笑ったから？」

「えっ？　なんですかそれ」

美香ちゃんもわけが分からないようだったので、彼女に昨日の出来事を話す。すると、

「え、それだけ？」と拍子抜けしたような表情をした。

「私、もう付き合ってるって聞きましたよ？」

「そんなバカな……異動して一週間だよ？　仕事忙しいし覚えることたくさんあるしで、

それどころじゃないよ。大体、笹森さんが私なんかを相手にするわけないじゃん」

そっかぁ～……と美香ちゃんは腕を組んで首を傾《かし》げる。

「さすが社内ナンバーワンのモテ男、笹森さんですね。女子の注目度が半端ないです」

「本当にね。それより美香ちゃん、先に謝っとく、ゴメン。私、総務にいるとき、美香ちゃんが笹森さんにフラれたって話聞いちゃったんだ」

そう言って、私は頭を下げた。

「ああ、横家先輩、席近かったですもんね。全然問題ないです。あれは熱に浮かされたようなものでしたから。もう忘れました」

意外なほど美香ちゃんはケロリとしていて、ちょっと驚いた。なんて切り替えの早い。

「それどころか、私、笹森さんの相手が横家先輩だって聞いて、納得しちゃいましたもん」

「へっ？　なんで？」

「笹森さんは確かにステキですけど、彼に寄ってくる女の人ってみんな女子力高めで自分に自信のある人ばっかりなんですよね。あの人達、フラれた子達のこと、いつもざまあ、みたいな目で見てきてすっごい頭にきてたんです」

美香ちゃんは嫌なことを思い出したのか、顔が般若《はんにゃ》みたいになっている。

「そこにきて笹森さんと横家先輩がペア組んで、恋の噂まで立ったじゃないですか！

さっすが笹森さん、見る目あるって思いましたよ。逆にあいつらざまあ、ですね！」

クックックッ、と笑う彼女は非常に不気味だった。

「美香ちゃんごめん。言ってることがさっぱり分からない」

困惑して言うと、美香ちゃんは私の肩を勢いよく掴《つか》んだ。

「私、横家先輩のこと尊敬してるんです。後輩の面倒見いいし、人によって態度変えないから。笹森さんが自信満々の女の人達じゃなくて横家先輩を選んだっておかしくないですよ」

「えー、さすがにそれはないでしょう？」

「そんなことないです！　横家先輩ほぼ素っぴんなくらい化粧してないのに綺麗じゃないですか！　スタイルだっていいし、もうちょっと自分の魅力に自信持ってくださいよ!!」

美香ちゃんにガクガク体を揺さぶられる。

「いや、でもさ……私なんてモテないし」

美香ちゃんは否定するように首をぶんぶん横に振った。

「それは野郎共に見る目がないから！　あいつらは手の届かない美人より手の届く隙がある女を選ぶんです」

「へ、へー……」

彼女の力説ぶりに気圧《けお》されてしまう。

「横家先輩なら笹森さんとお似合いですよ。なので、笹森さんと付き合うことになったら教えてくださいね！　応援しますから」

そう言って美香ちゃんは力強く私の手を握り、笑顔で去って行った。

「あはは……」

美香ちゃんったら気を遣ってくれて……まあ確かに最初より笹森さんに対するイメージは良くなってるけど、でも本当になんにもないんだけどなあ……

出社して、給湯室でコーヒーを淹《い》れていたら、笹森さんに呼ばれた。

「横家、ちょっと」

急いで彼のデスクまで行くと、笹森さんは引き出しから新幹線の切符を取り出した。

「また取引先に一緒に行ってもらいたいんだけど、ちょっと遠いから出張扱いになる。日帰りだけどな。明日の朝、新幹線のホームで待ち合わせな」

「あ、はい。分かりました」

ホイ、と新幹線の切符を渡され、思わずじっと切符を見つめる。

笹森さんと二人きりか……会話、もつかな。

「明日の天気かなり悪いみたいねぇ……午後から雪だって」

吉村さんがそんなことを言いながら、ふらりと近寄ってきた。

「えっ、そうなんですか？」

「うん。もしかして新幹線運休になっちゃったりして」

「そんな～まっさか～」

私はアハハと笑い返したが、この後、そのまさかの事態に陥《おちい》るなんて思ってもいなかった。

二　まさかの夜

「……お前さぁ、厄年？」

視線を前方に向けたまま笹森さんが口を開いた。

「いえ……」

「じゃあ朝のテレビ番組の占い何位だった？」

「九位でした」

「微妙……」

「そういう笹森さんは何位なんですか？」

「……八位」

「そっちだって微妙じゃないですか……」

出張先での仕事を終え、立ち寄った食事処《どころ》。その店先で、私と笹森さんは、足元に降り積もる大量の雪を見ながら立ち尽くしていた。

朝、笹森さんと新幹線のホームで待ち合わせた私は、さほど会話も盛り上がらないまま目的地に着いた。

取引先では、頬を赤らめ嬉しそうに歓迎する女性社員と、ばっちり営業モードに切り替わって世間話をする笹森さんを、げんなり眺めつつ、同席。

順調に話は進み、ちょうど昼時なのでよかったら……と、先方のご厚意で昼を食べに行くことになった。

そして食事を済ませ、取引先の方とはここで別れ、さあ帰ろうと外に出ると猛吹雪《もうふぶき》と一面の銀世界。

立ち尽くした二人の会話が、さっきのやりとり。

駅に来てみれば案の定、新幹線は全線運休になっていた。

だが、この状況においても笹森さんの行動力はさすがだった。

彼は会社に連絡して翌日の有休を申請した後、ホテルを段取りよく手配した。

駅で行き場をなくした人達を横目に見ながら、一緒に来たのが笹森さんで良かった、と安堵《あんど》している自分がいる。

笹森さんに連れてこられたのは、駅と直結したシティホテル。しかし、その洗練された内装は、明らかに手頃なビジネスホテルではない。

「……笹森さん、こんないいホテル取ったんですか？」

想定していなかったのでちょっと困惑気味に前を行く笹森さんに問いかけた。

「ああ、俺ここの親会社の株持ってるから、優待で通常より安くなるんだよ」

思わず株に反応してしまう自分が悲しい。私の勢いに笹森さんはほんの少し、仰《の》け反《ぞ》る。

「突っ込むとこ、そこ？」

「あ、すみません。でもいいんですか？　私までご一緒しちゃって」

「俺が勝手に決めたんだからいいって。このホテル、駅ビルに直結してるから外に出なくてもいいし、食事処《どころ》もたくさんあるから便利なんだよ。何回か泊まったけど、部屋も風呂も広くて綺麗でいいよ」

「あ、ありがとうございます……」

笹森さん、いい人だ……。

「とりあえずもうチェックインできるみたいだから部屋に行こう。しばらくは自由にしてていいけど、十八時には夕飯行くから部屋にいろよ」

何気なく夕飯行くからなんて言われてぎょっとする。それが顔に出ていたのか、彼は一瞬ムッとした。

「……何？　俺と飯食うの嫌なのかよ」

「いえっ、決してそういったわけではなく！」

イヤイヤと手と首を振って全否定した。

嫌ではない。けど、笹森さんと二人で食事だなんてそりゃ戸惑うでしょ。

「一人で夕飯なんて侘《わび》しいだろうが。せっかく、普段なかなか来られないところに来たんだ。名物食べなきゃ気が済まない」

名物……なるほど。それは確かに一理ある。

「そうですよね……食べましょう、名物！」

笹森さんはそんな私を見てフン、と鼻で笑ってフロントへ歩き出した。

チェックインをして、カードキーを受け取りエレベーターで客室に向かう。

なんか……笹森さんとこの空間にいるのがまだ信じられないなぁ。もちろん仕事だし、状況が状況だから仕方ないんだけど。

「お前、泊まりの準備してきた？」

「いえ、してません。部屋で少し休んだら駅ビルに買い物に行ってきます」

そりゃそうでしょう。日帰りの予定だったんだもの。

「俺は念のため泊まりの準備してきた」

「えっ！」

「天気予報見て嫌な予感したからな」

昨日、吉村さんに天気予報を聞いたとき、大丈夫だろうと高を括《くく》っていたことを今になって後悔する。

がっくりしていたらチン、と音がしてエレベーターが客室フロアに到着した。

笹森さんが自分と私の客室の番号を確認する。

「隣の部屋だな。お前、駅ビル一人で行けんの？」

「たぶん。方向音痴ではないので」

すると笹森さんが胸ポケットからカードケースを取り出し、そこから一枚の名刺を抜くと私に差し出した。

なんだろうと思い、笹森さんを見上げる。

「何かあったら連絡しろ」

「あ、はい。ありがとうございます」

受け取ってよく見たら、笹森さんのスマホの番号とメールアドレスも記してあった。

うわー、社内の女性社員が喉《のど》から手が出るほど欲しがりそうな個人情報ゲットしちゃったよ。

私はその名刺を大事に財布にしまった。そうして笹森さんと別れ、今晩泊まる客室のドアを開ける。

「ふおおおおお……」

私の目の前に広がるのは、シングルにしては広い部屋だった。キレイにベッドメイクされた清潔感たっぷりの大きなベッドと、大きな窓から見える真っ白な外の景色。

バスルームも覗《のぞ》いてみると、家のよりよっぽど大きなバスタブがあった。洗面ボウルの脇には自然派で名の知れたブランドのアメニティがずらりと並んでいて、一気にテンションが上がる。

部屋キレイ……っ、それになんて寝心地の良さそうなベッドッ……！

トイレもバスルームも広いし、素敵……！　こんな部屋に泊まるの初めて！

興奮して子供みたいにベッドにバフッとダイブした。真っ白なリネンの肌触りが最高に気持ちいい。

ああ疲れた……このまま眠りたい……けど、下着と化粧品買ってこなきゃ……私、肌が弱いから使える化粧品って限られてるんだよね。

気合でなんとか起き上がり、私は必要最低限の荷物だけ持って部屋を出る。

ホテルから直結の駅ビルには、ホテルの近くにある百貨店まで行く。フロア案内を見ると、いつも使ってるコスメが売っていなかった。仕方なく足を伸ばして、ホテルの近くにある百貨店まで行く。いつも使ってるメーカーのカウンターがあった。ほっとして、トライアルキットを購入する。

すると、対応してくれたビューティーアドバイザーさんが、私のほぼ素っぴんの顔を見かねたのか、下地から仕上げまでひと通り化粧してくれた。

薄く引かれたアイラインと、ひかえ目なアイシャドウでいつもより目が少し大きくなった気がする。ほんのりのせられたチークで血色がよく見えるし、普段はあまり使わないローズ系のリップを塗られたら、なんだか女っぷりが上がったような気がした。いかに普段の自分が化粧をサボっているかが、浮き彫りにされた……

モテない以前に、女子として終わっている……！　アドバイザーさんも張り切ってくれたし、ちょっと反省しなきゃ。

その後、私は再び駅ビルに走り、ランジェリーショップで下着を買うと、ホテルに戻った。気づけばあっという間に夕食に行く時間が迫《せま》ってきている。

急いで荷物の整理をしていたらドアをノックする音がした。

はい、と応えてドアを開けると、もちろんそこには笹森さん。

だが彼は、私を見るなり一瞬動きを止めた。

——ああそうか、さっき化粧してもらったから。

「さっきコスメカウンターで少し化粧してもらったんです。変ですか？」

「……いや、変じゃない。行くぞ」

ふいっと顔を背《そむ》けて笹森さんは歩き出す。

……やっぱり変だったのかな？

そう思いながら先を行く笹森さんを追いかけた。

そして連れてこられたのは、ホテル内にある、見るからに高級そうな和食処《どころ》。予約していたのか、和服を着た店員さんにスムーズに席に通された。

「なんか立派なお店ですねぇ……」

自分ではなかなか来ないような雰囲気のお店に、緊張してキョロキョロ周囲を見回す。

「ここ旨《うま》いよ」

笹森さんは慣れている様子で、メニューを手に取った。

「笹森さんはこのお店は何回も来てるんですか？」

「ああ。こっちに出張する度に来てるな」

なんというか……目の前の、物慣れた様子でメニューを見てる笹森さんは確かに格好いい。オーダーを取りに来た店員さんも、目をキラキラさせて笹森さんに話しかけている。私なんて空気だと思われてるよ。いや、むしろ何でこんな女連れてんだって思ってるかもしれない。

そんなことを思っていたら、ふと笹森さんと視線がぶつかる。

「で、お前、何食べる？」

「お、お薦めってなんですか？」

「コース」

「じゃそれで。……ってコースっていくら……げえ‼　高っ‼」

「こちらのコースお願いします」

笹森さんは値段に驚く私に構わず、さらりと注文してしまった。

「さっ、笹森さん！」

こ、こんな高いコース、経費で落とせるかどうか……

そんなことを考えて一人で焦る私に、笹森さんはニッコリ笑った。

「ここは俺のおごり。俺が食べたくて連れて来たんだから、お前は気楽に付き合え」

「い、いやでも、こんな高いものおごってもらっちゃっていいんでしょうか……」

「日帰り出張に付き合わせた挙句《あげく》、こんなことになった、せめてもの詫《わ》びだ」

「あ、ありがとうございます……」

イケメンの笑顔は最強だ。そんな優しく微笑まれちゃうとこっちは何も言えない。

そして運ばれてきた食事は、もうどれもこれも美味《おい》しかった。

新鮮なお刺身に、牛肉の朴葉味噌《ほおばみそ》焼き。更に、蒸した蕪《かぶ》に蟹《かに》のあんかけ。季節の野菜の天婦羅《てんぷら》に茶碗蒸し。そして蟹の身が入った炊き込みご飯と上品な味のお吸い物。〆《しめ》のデザートは抹茶アイス。

口に運ぶ度に感動して「くぅ～」とか「ぬぅ～」とか変な声を出して悶絶してしまった。

その都度《つど》、笹森さんは声を殺して笑っている。

「お前、ホント面白すぎ……」

涙目でそう言う笹森さんに言ってやりたい。

あなたは格好良すぎ。

ご飯を食べる所作も見惚《みと》れてしまうほど綺麗だった。この人、欠点はないんだろうか。

変に笹森さんを意識して緊張した私は、食事と一緒に頼んだビールをいつも以上にぐいぐい飲んでしまう。空きっ腹に沁《し》みてほどよく酔いが回ってきた。

「う～ん、笹森さん、私なんだか凄く気分がよくなってきてしまいました～」

「いや、お前それ普通に酔ってるだろ。大丈夫かよ。そろそろ酒やめとけば」

笹森さんが私の前からビールをどかそうと手を伸ばしてくるけど、私はとっさにジョッキを手にしてそれを阻止した。

「はいここで質問でーす！　笹森さんは何で社内恋愛しないんですかぁ？」

「……お前、何を聞いてくるかと思えば……」

明らかに酔っぱらい始めた私の言動に、笹森さんは呆れた様子でため息をついた。

「格好いいんだから、寄ってくる女の子みんな食べちゃえばいいのに～」

「お前、かなり酔ってるな」

食事を終えた笹森さんは、私が食べ終わるのを待ちながら冷酒をちびちび飲んでいる。

「じゃあ、笹森さんはぁ、何で女の子に冷たいんですかぁ？」

あ、私、どさくさに紛《まぎ》れてとんでもないことを聞いている……

そう思ったけれど、理性に反して酔っぱらった私の口は止まらない。

「……冷たいか？　普通に話をしてるつもりだけど」

「冷たいですよ～みんな言ってます～」

「いいんだよ。冷たいって思われてる方が楽だ」

「もっ!!」

私がいきなり奇声を発したので、驚いた笹森さんはビクッとした。

「もったいないです!!　笹森さん意外といい人なのに、そんなふうに誤解されたままなんて納得いきませんっ」

自分の言いたいことだけ言うと、私はビールをグビグビ呷《あお》った。

「……ふうん、俺って意外といい人なんだ？　それはお前の評価？」

「そうですよっ。仕事もできるし見た目も良くて頭も……って大学どこですか？」

「慶成《けいせい》大学」

「わぁぁぁぁ……ありえない！」

笹森さんが告《つ》げた大学の名は、私立ではトップクラスの名門大学だった。

神は二物も三物も与えるのかと頭を抱えた私を、笹森さんは面白そうにニヤニヤしながら眺めている。

「お前面白いなあ……社内にこんなのがいたなんて、大発見だ」

「大発見って珍獣ですか。どうせ私はこんなんですよ。だからモテないんです」

さっきまでテンション高めだったのに、自虐《じぎゃく》発言をした途端テンションがだだ下がりになる。

「モテないって、前にもそんなこと言ってたけど嘘だろ」

「いえ、本当にモテないんです。お付き合いだってしたことないし」

「……まさか、今までに一度も彼氏がいなかったってことは……」

「そのまさかですが、何か⁉」

笹森さんの動きが一瞬止まった。そして真剣な表情で私の顔をじいっと見つめる。

「え……だって、お前いくつよ」

「二十六ですけど……」

そんな真剣に聞かれたら、恥ずかしくって俯《うつむ》くしかない。

酒、酒をください！

「……は、マジか……」

笹森さんが驚いた様子で椅子に背を預けた。

思いっきり引かれてる——そう思った私は、羞恥《しゅうち》のあまり目の前にあったビールジョッキを一気飲みした。そして、飲み終えたジョッキをドン！　とテーブルに置く。

「さっ、笹森さんのばかあ‼　聞かれたから答えたのに、そのリアクションは失礼ですっ‼」

「お、おお、悪かった」

さすがに悪いと思ったのか、笹森さんはテーブルに突っ伏してさめざめと泣く私の肩を慰《なぐさ》めるように、ポンポン叩いてくれたり、優しくさすってくれたりした。そんなふうにされるうちに、だんだん気持ちが落ち着いてきた。

「よかったら場所変えないか？　もうちょっと落ち着けそうなところに行こう」

「は、はい……」

そうして笹森さんに連れられて行ったのは、ホテルの最上階にあるバーだ。

いかにも大人の空間といった落ち着いた雰囲気の店内には、カップル数組と女性だけのグループが数組。

大きな窓の向こうには美しい夜景が広がり……って、今晩は猛吹雪《もうふぶき》だから夜景はお預け。本来ならパノラマのように広がる夜景が見えて、お洒落《しゃれ》なムード満載だろう。

私達はカウンターに座り笹森さんはウイスキーの水割り、私はお任せでアルコール少なめのカクテルを注文した。

「ちょっとは落ち着いたか」

「はい……すみませんでした」

ずびび、と鼻をすすり頭を下げた。泣いて取り乱したことが恥ずかしくてまた俯《うつむ》いてしまう。

長い足を組んで椅子に腰掛けている笹森さんを、バーの女性客達がチラチラと見ている。

普通のスーツを着て座っているだけなのに、どうしてこうも絵になるのか……彼女達が見てしまう気持ちも分かる。

それに引き換え私はグレーのジャケットと膝丈のプリーツスカートに、黒のVネックのカットソー……。なんか、こんな私が隣でごめんなさいと言いたくなってしまう。

笹森さんが喉《のど》を鳴らして水割りを飲むと、正面を向いたまま話し出した。

「その……あれだ。さっき驚いたのは、お前を馬鹿にしたわけじゃないから」

「……じゃ、どういうことですか？」

「そこはお前、察しろよ」

笹森さんは前を向いたままだ。

「よく分かんないです」

「じゃあ分かんなくていい。……で、告《こく》られたこともないのか？」

「……昔、一度ありましたけど、好きじゃなかったのでお断りしました」

そうなんだよ。大学の頃好きだと言ってくれた奇特《きとく》な方がいたのだ。なのに私ったらお断りしてしまったのよね。二十六まで彼氏ができないと分かっていたら、あのとき断らなかったのになあ……

「お前自身は？　会社とかプライベートで好きなやついなかったのか？」

「学生時代は、好きな人はいても告白できず、会社では……好きな人はいたけど間接的にフラれちゃって」

はぁ～とため息をついて、オレンジジュースベースのカクテルに口をつけた。

「なんでだろ……。なんでモテないのかなあ……笹森さんはあんなに冷たくしてても女の人がたくさん寄ってくるのに」

酔っ払っているせいか、出てくるのは愚痴ばっかりだ。

それもこれも、なんだか愚痴を零《こぼ》してもいいような雰囲気を作っている笹森さんのせいなのかもしれないけど。

「たくさん寄ってきたからって、嬉しいかって言われりゃ嬉しくないけどな」

笹森さんが持ってるグラスの中で、氷がカラン、と音を立てる。

「笹森さんは贅沢《ぜいたく》ですよ」

完全に拗《す》ねモードまっしぐらな私。

「モテるヤツもなかなか大変なんだよ」

静かな口調で笹森さんが苦笑した。

そんな笹森さんを見ていて、吉村さんが言っていたことを思い出す。

――傍《はた》から見ていたら、選《よ》り取り見取りでいいことばっかりのように見えるけど、その立場にならないと分からないこともあるのかもね。

過去にいろいろあったのだろうと窺《うかが》わせる雰囲気に、私は口をつぐんだ。

「しかし、そんなにモテたいもんかね？」

不思議そうに首を傾《かし》げる笹森さんを見て、大きなため息をつく。

「別に誰にでもモテたいわけじゃないですよ。ただ、この年まで彼氏の一人もいないと、不安になるんです。恋の仕方とかも分からなくなってくるし、一生一人だったら……とか考えちゃいますもん」

「俺は一人でも構わないけどな」

「わ、私は嫌です！　一生一人なんて……考えただけでも嫌ですぅ～～」

アルコールのせいか涙脆《もろ》くなっていて、気がつけば目からはらはらと涙が零れてくる。

「おいおい……お前、酔うと泣き出すタイプか」

笹森さんは少々困り顔で、私の背中をポンポン叩いた。

「いつか現れるって、いい男が」

「いつかっていつですか……私、このまま一生男を知らずに生きていくのかなぁ……」

そんな私の呟《つぶや》きに笹森さんが目を見開いた。

「……そんなことねーって」

「だってこのままだと本当に縁がなさそうだから……」

「そんなの分からないだろう？　突然出会いがあるかもしれねーし」

「でもそんないつ来るか分からない出会いを待ってたら、おばあちゃんになっちゃいますよう……」

笹森さんは、私の嘆《なげ》きに何かを考えるかのように黙り込んだ。そして水割りを一口飲むと私の方に向き直る。

「それは遠回しに俺を誘ってるのか？」

思いがけない言葉に私は目を剥《む》いた。

「え……。ええっ⁉　なんでそうなるんですかっ！」

思わず笹森さんから距離を取る。

「なんとなく？　つまり今夜処女を捨てたいと」

「どうやったらそういう解釈になるんですか！」

あまりにストレートに言われて、恥ずかしくて両手で顔を覆《おお》った。

そりゃ、気にしてはいたけど……笹森さん相手にそんなこと考えたりしないよ‼

そこでバーテンさんの存在を思い出した。慌《あわ》ててバーテンさんを見れば、離れたところで違うお客様の相手をしている。よかった。聞かれてなかった。

「大丈夫だって。俺だって周りは見てるよ」

私の挙動不審《きょどうふしん》な動きを見て、笹森さんはクックックッと肩を震わせる。

「さっ、笹森さんが変なこと言うからですよっ」

「俺は構わないけど」

——はっ？

「じゃあさ、今夜俺とセックスして処女捨てるのと、十年後、見合い結婚で十歳年上のおっさんとセックスして処女捨てるのどっちがいい？」

笹森さんの一言に頭の中が一瞬真っ白になった。言われた言葉の意味がよく分からない。

「…………え」

酔っ払った上に、混乱して思考力の落ちた頭で必死に考える。

そんな、そんなの……

「さ、笹森さん……の勝ち……」

「ブッ!!」

笹森さんが再びお腹を抱えて笑い出した。

だって！　そんなのどう考えたって笹森さんの方がいいに決まってるじゃん!!

「セックスしたことないんだったら、まず俺と経験してみたらいい」

「ええっ!?」

あまりに驚きすぎて、口を開けたまま笹森さんを凝視する。

「経験したいんだろ?」

再び確認するように、笹森さんは首を傾《かし》げて私の顔を覗《のぞ》き込んできた。

「でっ、でもでもでも!! 私、その、体だけの関係とかには抵抗があるしっ」

「なら付き合う?」

「え……えええっ!!」

あっさり言われた言葉に顔から火が出た。

「さ……笹森さん、社内恋愛しないって言ってたじゃないですかっ」

こんな状況に焦りまくる私とは対照的に、笹森さんは静かにグラスを傾けて余裕の顔だ。

「だから、社外で、だ。会社内では今まで通り、ただの上司と部下だよ」

「私のこと好きでもなんでもないくせに……」

「そうでもねえよ」

笹森さんは水割りを飲みながら表情を変えずにさらりと言う。

そうでもないって……つまり笹森さんは、私に対して好意を持っているってこと?

「嘘だ……」

カクテルが入ったグラスを持つ手が、微《かす》かに震える。

「誘われて嫌な気はしなかった。それが答えだろ」

「っ、だから、誘ってないですってば!!」

「じゃあお試し期間でも設けるか？　それなら、嫌だったら関係を終わりにすればいいし、気楽だろ？」

お試し、という言葉に、私の心臓がドクン、と大きく跳ねた。

……私の人生で未だかつてなかったようなことが現実で起きている。

でも、いつになるか分からないならこの機会に経験するのもありなんじゃない？　しかも相手はイケメンの笹森さんだし、こんな機会この先二度とないかもしれない。

……それに、今日一緒に過ごしてみて、笹森さんが、優しくていい人だって分かった。

彼に初めてをもらってもらえるなら、私、きっと後悔しないと思う……

「……ほ、ほんとに私でいいんですか……？」

「いいよ」

訝《いぶか》しげに笹森さんを見ると、彼は優しく微笑んでいた。

そんな顔を見てしまったら、嫌ですなんて言えない。むしろ、嬉しくなる……

はっ、待てよ。もしかしてこれ、笹森さんにからかわれている？　処女だから遊ばれているのか……？

「からかってねぇよ」

こ、心読まれた!!

驚いて笹森さんを見ると、彼は私の顔を見ながら極上の笑顔で囁《ささや》いた。

「安心しろ、優しくしてやる」

気づけば私は、バーを出て、笹森さんと一緒にエレベーターに乗っていた。彼はどこか寄るところがあるらしく、私に自分の部屋の鍵を渡すとそのまま下に降りて行った。

ひとまず、自分の部屋に戻った私は、荷物を持って笹森さんの部屋へ行く。

同じ間取りの部屋なのに、笹森さんの荷物があるだけでなんだか落ち着かない。

何故、こんな展開になったのだろう。

さっきまではお酒の力もあって、笹森さんの提案に乗ってみたものの、いざ部屋に来てみたら冷静になってしまった。

……私、ほんとにこのまま笹森さんとしちゃうの……？

さっき付き合うことが決まったばかりだっていうのに。

……お試しなのに、えっちしちゃっていいのかな？

立ったままぐるぐる考え込んでしまった私は、次第に混乱してきて、思わず有料冷蔵庫のビールを一気に呷《あお》った。

笹森さん、勝手にすみません。でもこうでもしないと気持ちが落ち着かないんです。

ビール片手に、どうしよう、こんなときはどうしたらいいんだろう、とウロウロと部屋の中を歩き回る。

するとコンコン、とドアをノックする音が部屋に響いた。

その音に心臓のドキドキが更に高まる。

ゆっくりとドアを開けると、私より二十センチ近く高い長身の笹森さんが見下ろすように立っていた。

「お、お帰りなさい……」

「お前に出迎えられるってなんか変な感じだな」

苦笑する笹森さんは、手にコンビニの袋を下げていた。中にはビールとおつまみ。

なんだ、コンビニ行くなら一緒に行ったのに……

「すみません、私、部屋のビール飲んじゃいました。お金は払うので……」

「ああ、いいよ」

なんでもないことのようにそう言うと、笹森さんは部屋に入ってくる。コンビニの袋をテーブルに置くとジャケットを脱いで椅子の背凭《もた》れに掛け、そのままネクタイに手をかける。その流れるような所作が格好良くてつい見惚《みと》れていると、笹森さんと目が合った。

「風呂入ってくれば？」

「え！」

思わず熱くなった頬を両手で押さえた。

「へ、部屋着持ってくるの忘れて……」

「どうせ脱ぐんだからいらないだろ」

「さっ、笹森さん‼」

なんて恥ずかしいことをさらりと言うんだ！

「……そこのクローゼットにバスローブあるから、それ着たら」

笹森さんに言われるがままバスローブを持ってバスルームに移動する。お湯を溜めながら髪を洗い、体を洗い、歯を磨いてからぼんやりとお湯に浸《つ》かる。

まさか、こんなことになるなんて……

あーっ。こんなことなら友達にいろいろ聞いておけばよかった。その、なんだ、やり方とか……やり方？　いやいや、やり方は分かってるよ、つまり笹森さんのアレが私の中に入るわけで……って笹森さんのアレがっ？

考えているうちに、顔が茹《ゆ》で蛸《だこ》のようになってきた。

……出よう。いつまでもここにいたって仕方ない。女は度胸だよ、未散‼

なんだかよく分からない覚悟を決め浴槽から出た私は、肩まで伸びた髪を乾かし肌の手入れをして、真っ白いバスローブを羽織《はお》った。さすがに真っ裸にバスローブじゃ、やる気満々みたいに思えたので、ショーツだけは身につける。

「お、お待たせしました」

おずおずと部屋に戻ると、笹森さんはビールを飲みながらノートパソコンに向かっていた。

頭の中が初体験のことでいっぱいだった私は、その姿にちょっと拍子抜け。

「あれ？　笹森さんひょっとして仕事してたんですか？」

「少しな」

笹森さんは立ち上がると、私と入れ替わりにバスルームに入っていった。

待たせちゃったかな？

もう、こんな状況初めてだから色んなこと考えちゃうよ！

緊張で喉《のど》が渇いて仕方がない。つい飲み残しのビールを呷《あお》ってから、はっとする。

これからキスしたりするかもしれないのに、ビール飲んじゃった……！

初キスの味がビール味ってありなの？

あ、でも笹森さんもビール飲んでたな。それに笹森さんは初めてじゃないからビール味でも問題ないか……

……初めて男の人と過ごす夜に、なんで私ったらこんなことを考えているの……

ちょっと自分にがっかり……。これもすべて私の経験値が低いせいだ……

バスルームから聞こえていたシャワーの音が止むと、私の緊張は頂点に達した。

ど、どどどうしよう……

手に缶ビールを持ったまま固まっていたら、笹森さんが腰にタオルを巻き付けただけの姿で現れた。

「き、きゃあぁぁあ!!」

家族以外の男の人の裸に、びっくりする。思わず悲鳴を上げて笹森さんから顔を背《そむ》けてしまった。

「おお、新鮮な反応」

笹森さんは面白そうにニヤニヤ笑った。

「なっ、慣れてないんです! 男の人の裸……」

最後に見たのは兄の裸だったか。それだって、もう何年も前のことだ。こうして考えると、本当に私、いろいろ免疫《めんえき》ないなあ。

笹森さんは相変わらずニヤニヤしながら缶ビールを手に取り、それを一気に飲んだ。

洗いざらしの少し長い前髪が額《ひたい》にかかり、いつもより若く見える。

しかも、堂々と晒《さら》された裸体は意外と筋肉質で弛《ゆる》みがない。

凄い、お腹割れてる……なんだかいつも以上にセクシーな姿に目が釘付けになる……

「何見惚《みと》れてんの?」

はっ、いけない。知らず知らずのうちに笹森さんを穴が空くほど見つめていた。

「……すみません、見惚れてました……」

「本当に見惚れてたのか……」

「笹森さん、結構体鍛えてるんですね」

「意識してやってるわけじゃないけど……昔っから日課で腹筋とか腕立てとかやってたら、こんなんなった」

「か、格好いいです」

素直にそんなことを言ってしまって少し恥ずかしかったけど、そんな私を見て笹森さんが嬉しそうに、表情を緩《ゆる》めた。

「……やけに今日は俺を褒《ほ》めてくれるね、未散ちゃん」

いきなり名前を呼ばれて、ただでさえいつもより大きくなっている鼓動が、一際大きくなったような気がした。

「……わ、私の名前ちゃんと覚えてたんですね」

「そりゃ、俺のアシスタントだし」

ビールを飲み終えテーブルに置くと、笹森さんは立ったままの私の手を引き、ベッドに座らせる。そしてギシ、と音を立てて笹森さんがベッドにのってきた。

「俺の恋人だし？　かっこ『仮』だけど」

「え、あの、笹森さん……もう？」

「もう」

「っ！」

――まっ……まだ心の準備ができてないよっ。

ベッドの上でズリズリと後ずさってしまう。

そんな私の気持ちを見透《みす》かすように、笹森さんは不思議そうに首を傾《かし》げた。

「この部屋に来た時点でそのつもりだろ？　逃げる時間は与えたはずだけど」

時間って、あ、もしかして……

「……ひょっとしてそのためにコンビニに？」

「まぁね。優しいだろ？」

そう言ってニヤリと不敵な笑みを浮かべた笹森さんの顔が素敵すぎる。思わず状況を忘れて見惚《みと》れている隙に更に間を詰められた。

気づけば眼前に笹森さんの顔があって、彼の薄い唇が私のそれに重なっている。

「んっ……！」

キ、キスされてる――⁉

笹森さんの唇は、ひんやりしていて、ビールの味がした。

どうしていいか分からず固まっていると、更に間を詰められる。笹森さんは、私の髪に片方の手を差し込むと頭を固定した。そして、もう片方の手で頬を撫でながら、そっと唇を離す。

私と額《ひたい》を合わせ間近から顔を覗《のぞ》き込むと、囁《ささや》くように言った。

「キスも初めて?」

「は、はい……」

「……どう、初めてのキスは?」

「え……その……笹森さんの唇、柔らかいなって……あと、気持ちいい……です」

正直に感じたままを言ったら、笹森さんはフッと笑って私の唇に再びチュッと軽いキスをした。

「気持ちいいなら先に進んでも大丈夫だな」

「さ、先に……?」

私があたふたしているうちに、笹森さんの大きな掌《てのひら》がバスローブの上から私の乳房を包み込んだ。

「柔らかいな」

乳房の輪郭をなぞるようにバスローブの上をさまよっていた笹森さんの長い指が、ゆっくりと中心に移動する。そして勃《た》ち上がり始めた私の乳首を指の先端で優しく撫で始めた。

そこを触られた瞬間、ビクッと反応してしまい、私は体が急激に熱くなるのを感じた。

「や、やぁっ……笹森さんっ……」

「ほら、どんどん硬くなってきたぞ。分かるだろ?」

耳元で囁《ささや》く笹森さんの声に、背筋がゾクリとした。こんなときにいい声使うなんて反則だ。

笹森さんの優しい指先に翻弄《ほんろう》され、私の乳首は勃《た》ち上がる。

混乱している私の状況なんて、手に取るように分かるのだろう。

笹森さんの指先は時折なだめるみたいにしながら、どんどん動きを速めていく。そして、完全に勃ち上がった乳首をバスローブの上から軽く摘《つ》まみ上げたり、指で弾《はじ》いたりした。

そうされる度に快感が走り、私はビクビクと身を震わせてしまう。

「あっ! や、やだっ……」

「ああ? 嫌じゃないだろ。こんなバスローブの上からでも分かるくらい乳首勃たせて」

そんな恥ずかしいことを言ってのける笹森さんは、なんだか楽しそうにニヤニヤしている。

こんなことされ続けたらおかしくなっちゃう……!

私の息遣いは激しくなるばかりで、ろくに言葉も紡《つむ》げない。

こんな私の状況を見て興奮しているのかどうなのか、笹森さんの息遣いもさっきより荒くなってきたみたいだ。

「やぁっ、さ、笹森さんっ、もうだめですっ……」

私の言葉に笹森さんが乳首を指で弄《いじ》るのを止める。

ほっとしたのもつかの間。今度はバスローブの合わせから笹森さんの手が滑り込んできて、私の乳首に直《じか》に触れてきた。

「きゃ……!!」

バスローブの上から触られただけでも十分すぎるほどだったのに、直に触れられる快感はそれ以上だ。

笹森さんの掌《てのひら》が円を描くように乳房を愛撫《あいぶ》し、乳首を指でぐりぐりと弄《もてあそ》ぶ。

さっきまでの比じゃないよ……!

下半身に得体の知れない何かがじわじわと集まりだし、じっとしていられず太腿を擦《こす》り合わせるように体を捩《よじ》る。

笹森さんは、そんな私の異変に気づいたのか、ちらりとそちらに視線を向けた。

「舐《な》めようか」

「な、舐め……!?」

「ここをさ」

そう言って私の乳首を指で摘まんだ。

「あんっ！」

急な刺激にびくっと体を震わせたら、笹森さんは何故だか嬉しそうに微笑んだ。

「ほら。ここ気持ちいいんだろ？　どっちがいい？　舐《な》めるのと弄《いじ》るの。選んで？」

そ、そんな……！　この状況でそんなこと聞かないでぇ……!!

私が言葉に詰まっていたら、笹森さんがフッと微笑んだ。

「分かった」

何が分かったんだろう？

そんなことをちらりと考えたとき、いきなりバスローブの右半分が剥《む》かれ、私の乳房が露《あら》わにされた。

「きゃ、きゃあーー!!」

「……おい……この状況でそれはないだろ……」

思わず悲鳴を上げた私に若干呆れながら、笹森さんは露わになった乳房をまじまじと見つめている。

「なかなかいいものをお持ちで」

そう言ってニヤッと笑うと、やにわに乳房に吸い付いた。

「あ……いやあ……んっ。さ、笹森さあん！」

戸惑う私に構わず、笹森さんは乳首に吸い付き、巧《たく》みな舌使いで乳首を舐め転がす。

その間、反対側の乳房への刺激も忘れない。指先で軽くひっかくように擦《こす》り続けた。

「も、そんな……や、あ……」

止めて、と言いたいのに、それすら紡《つむ》げなくなる程、笹森さんによる愛撫《あいぶ》は私の思考能力を奪っていく。

何か言葉を発しようとすると変な声が出てしまいそうだった。唇を噛みしめ声を我慢していたら、彼は動きを止め、私を見た。

「……声出せばいいのに」

「だ、だって……なんか変な声が出そうで……」

「変じゃないさ。感じてくれて嬉しいよ」

「……そうなんですか?」

……かといって、この後すぐに声を出したら、なんかわざとらしくてやだな……

そんな私の考えなど、笹森さんにはお見通しだったのだろう。

再び私の乳房への刺激を始めた彼は、さっきより先端を弄《もてあそ》ぶ動きを激しいものに変えた。

先端をちゅう、と吸い上げるとその周りを丁寧に舐め上げる。そして、反対側の乳房を隠していたバスローブも肩から落とし、胸の先を指先で弄られた。左右の胸を同時に刺激され、思考がまともに働かない。

「あっ、さっ、笹森さん！　も、ヤバイです私っ……あっ……」

息も絶え絶えに何とか言葉を紡《つむ》ぎ出すが、愛撫《あいぶ》は止まらない。甘い痺《しび》れが体を駆け巡《めぐ》り、仰《の》け反《ぞ》った。

「はっ、はあっ……いやあ……も、ダメです……」

忙《せわ》しない息を吐きながら脱力していると、私の胸元にいた笹森さんが顔を上げた。

「ダメって……まだ胸しか弄《いじ》ってないぞ……」

笹森さんが可笑《おか》しそうにクックックと肩を震わせる。

「そうですけど……」

反論の言葉を考えたけど、何も出て来ない。

「だって仕方ないじゃないですか……私にとっては全てが初めてなんですから……」

と少しむくれた私を見て、笑いを収めた笹森さんはベッドサイドにあったビールの缶に手を伸ばした。

「初めてなことを、恥ずかしいとか思わなくていいんだよ」

「……思ってるの、分かります……？」

「分かるさ」

そう言って笹森さんは喉《のど》を鳴らしてビールを飲んだ。

……全てお見通しなのか。

でも乳首への愛撫はヤバかった。大声では言えないけど、ここを弄られるのがこんなに気持ちいいなんて思わなかった……

なんかこう、何も考えられなくなっていくっていうか、ビリビリした快感が体中に……

ぼんやりそんなことを考えていたら、再び笹森さんの顔が目の前に迫《せま》ってきてキスされた。初めは優しく啄《ついば》むだけだったのが、次第に唇ごと奪うようなキスに変わっていく。

幾度も角度を変え激しいキスが繰り返される。

キスをするのも初めてなのに、こんな濃厚なのをされて、ついて行くのがやっとだ。

「んっ、……はぁ……」

必死でキスに応えるけれど、呼吸がままならない。

……いっ、息はいつしたらいいのですかっ？

「鼻で呼吸しろ」

一瞬だけ離れた笹森さんの唇が小さく呟《つぶや》いた。

また私の心読まれたっ⁉

思わず口を開いたら、すかさず笹森さんの舌が差し込まれた。ぬるり、と生温かい舌が私の口腔《こうこう》を這《は》い回る。どうしたらいいか分からない私は、彼にされるがままだ。

「ん、さ、さもりさ……」

「……苦しくなったら唇が離れた瞬間に呼吸しろ」

と言って唇を離す。その隙に大きく呼吸をしようとしたら、すぐに笹森さんの唇が重なった。

こんな一瞬で呼吸しろだなんて……そんな上級テクニック、私できません……！

ヤバい。超テンパってくる。

「あっ……んっ……」

顔に熱が集中していくのが分かった。同時に下半身にも得体のしれない何かがじわじわ集まってくる。さっきも感じたこの感覚……でも嫌じゃない。笹森さんになら、もう何をされてもいいとさえ思ってしまう。

こんなにこの人に翻弄《ほんろう》されてしまうなんて、私どうしちゃったんだろう。

「んう……」

「ほら、舌出してみな」

笹森さんに言われるままおずおずと舌を差し出すと、その舌を彼の舌が絡《から》めとる。そして彼は、しばらく絡ませ合っていたそれをぱくりと食《は》んでしまった。

「んっ……ふ……あ……」

私の口から聞いたことのないような吐息交じりの声が漏《も》れ、さすがに恥ずかしくなる。

ふいに唇が離れたので、薄く目を開くと笹森さんがベッドサイドに置いてあったビールに再び口をつけていた。

「ん」

ん。とは？　とちょっと疑問に思って笹森さんを見上げたら、彼が唇を押し付けてきた。次の瞬間、私の口にビールが流し込まれる。

「……!!」

予想外の出来事に驚き、そのせいでビールが変なところに入ってしまう。むせて咳《せ》き込む私の背を、笹森さんが撫でてくれた。

「ゴホッゴホッ……んんっ……さ、笹森さん!!　口移しするならそう言ってくれればいいのに……」

「……口に含んでたら喋《しゃべ》れないだろ……」

笹森さんがボソッと呟《つぶや》いた。

そうだけど。

「酒入ってた方が、お前の気持ちが楽かと思って。ほら、もう一回」

笹森さんが再度ビールを口に含むと、そのまま私の唇に自分のそれを押し付ける。

流れてくる生温かくなってしまったビールをむせないように飲み込むと、彼の舌が私の口の中に入ってきた。ねっとりと歯列をなぞられ、口腔《こうこう》を蹂躙《じゅうりん》していく舌の感触に、どこかを触られているわけではないのに、頭がぼうっとしてきた。

キスがこんなに気持ちのいい行為だったとは。

いや、でもこれはきっと相手が笹森さんだから。二割増し……いや三割増し？

なんて思っていたら、ちゅっというリップ音の後に笹森さんの唇が離れた。

彼の綺麗なアーモンド形の眼が、いつもとは違って熱を帯《お》びているように見えるのは気のせいだろうか。

「……そろそろ濡《ぬ》れてきたかな」

彼の指がバスローブの隙間から差し込まれ、ショーツのクロッチ部分をなぞった。

「あんっ……！」

今まで他人に触れられたことのない場所に刺激を与えられ、思わず腰が引けた。

「自分で濡れてるの分かんない？」

「……わ、分かり……ます……」

……さすがに……自分の体の変化は分かってます……自分でもキスと胸への愛撫《あいぶ》でこんなになるなんて思わなかった。

なんて言っていいか分からず、笹森さんの視線から逃げるように目を逸《そ》らす。

「じゃあ……」

すると笹森さんの指がするっと私のショーツの中に侵入してきた。

「ああっ!? さっ、笹森さん！　何を……」

「……だって。触らないとできないだろ」

「そうですけど……でも……んんっ！」

私が喋《しゃべ》ろうとしたら笹森さんの指が秘所に触れた。そしてそのまま奥へゆっくり侵入してくる。そして、ある程度行ったところで指を前後に動かし始めた。

「あん……!!　はあっ、あ……」

笹森さんの指は私の中をなぞるように少しずつ速度を増していく。

「ん……はあ……あ……」

そうされると何も考えられなくなって、ただ彼の指の動きに翻弄《ほんろう》される。そんな中、彼の指が秘所の近くにある小さな芽に触れた。その瞬間、私の腰がびくんと跳ねた。

「ひゃあっ……」

まるで電気が走ったみたいだった。呼吸を乱しながら、敏感な箇所を弄《もてあそ》ぶ笹森さんの手を押し退《の》けようと手を伸ばす。

「やっ……ダメッ……」

だが、逆にその手を彼に掴《つか》まれ阻止されてしまった。

「ダメってことは弱いってことだろう」

そう言ってニヤリと笑った笹森さん。嫌な予感がする。まさか……

「や、あの笹森さん、だ、だめっ……!!」

私の弱点がそこだと分かった途端、今度はそちらを重点的に弄《いじ》り始めた。

「い、いやあああ……!!　やめてえ……!!」

「ほら、気持ちいいんだろ?　どんどん濡《ぬ》れてきてる」

私の抵抗なんてものともせず、笹森さんは嬉しそうに私の一番敏感な場所を弄り続ける。私の秘所からはジュブジュブと蜜が溢《あふ》れ出していた。

「あんっ、だめっ!　そんなに弄っちゃ……」

敏感な箇所への絶え間ない刺激に、生理的な涙がじわりと目に浮かんだ。

笹森さんは手の動きを止めて顔を上げた。彼は、少し暑そうに髪を掻き上げる。その額《ひたい》にはうっすら汗が滲《にじ》んでいた。

「お前……その抵抗の仕方はわざとか。俺を煽《あお》っているとしか思えん」

「違いますよっ!　ほ、ほんとうにヤバイから……」

「仕方ないな……今日はこのくらいで勘弁してやるか」

敏感な箇所から指を離すと、笹森さんは身を起こし反対の掌《てのひら》で私の頬に触れた。

あ、キスされる。

そう思った通り彼の綺麗な顔が近づいてきて唇を塞《ふさ》がれた。

「ふ……ん……」

差し込まれた笹森さんの舌の動きになんとかついていき、自分の舌を絡《から》める。最初はおぼつかなかったけれど、何度目かのキスに少しだけ慣れた感じがした。

「はぁ……あ……」

自然と口から甘い声が漏《も》れる。さっきまでは、こんな声すら恥ずかしかったのに、アルコールが効き始めたのか、それともこの状況に慣れたのか今はもうなんとも思わなくなっていた。

「あ……んっ……」

角度を変えて繰り返されるキスに、体温が上昇していく。

笹森さん、いい匂《にお》いがする。なんだかこの香りが私を惑わす媚薬《びやく》のような効果を醸《かも》し出しているのかもしれない。

……フワフワする……

笹森さんの唇が離れ、私を見つめながら囁《ささや》いた。

「お前、声がエロいな」

「ふぁ、そうですか……？」

お互いの唾液で濡れた唇を笹森さんが親指で拭《ぬぐ》ってくれる。

キスの余韻でボーッとしている私の肩を笹森さんがトン、と突いた。力が入らない私はそのままベッドに仰向けに倒れた。そんな私を見て彼はクククッと笑いながら私に覆《おお》いかぶさってくる。

「力抜けすぎだ」

「あの、私……なんかぼーっとしてきて……」

ここへきて急激に睡魔が襲ってきた。なんだかもう意識が朦朧《もうろう》とする。

困惑する私の頬を撫でて、笹森さんが優しく囁《ささや》いた。

「うん。お前、可愛いな」

彼の優しい言葉に少し気が緩《ゆる》む。慣れないことの連続にテンパり、疲れ果てた頭は考えることを放棄した。

――もうどうなってもいいや……

体の力を抜いて目を閉じる。優しく触れる彼の唇を感じつつ、私の意識は次第にフェードアウトしていった。


ぱちり。

本当にそんな音がするぐらいパッチリ目が開いた。

辺りは明るく、夜が明けていることは明白だ。

あれ？　私、笹森さんの部屋に来て、そんで笹森さんとキスをして、あんなことやこんなこといろいろされて、それからどうしたっけ……？

必死で考えを巡《めぐ》らせていたら、体がぐっと後ろに引き寄せられた。

「おはよう」

耳元に落ちてきた声と一緒に、耳に柔らかいものが触れた。

「わあああっ!!」

思いがけない出来事にびっくりして飛び起きる。すぐ隣を見ると、白いTシャツを着た笹森さんが、まさに今起きましたといった感じで布団の中からこちらを見上げていた。

今の、耳にキスされたっ⁉

「悲鳴を上げるとは、失礼な……」

「だ、だって、いきなりあんなことされたら驚きますよっ」

「昨日は、もっといろいろしたのに?」

意味ありげに微笑まれ、私の顔が赤くなる。

「……あの、笹森さん、昨日、私……」

「さあこれからってときに、寝てた」

「えっ……」

一瞬背中に冷たいものが走った。確認するように笹森さんを窺《うかが》うと、真面目な顔で頷《うなず》かれる。

「うっそお……」

「こっちの台詞《せりふ》だ。あれだけ盛り上がっておきながら、まさか寝落ちされるなんてな」

笹森さんが上半身を起こして、ふぁああと欠伸《あくび》をした。

私ったら、私ったらなんてことを……

自分のしでかしたことに茫然《ぼうぜん》とする。

「おかげで、こっちは昂《たかぶ》りを抑えるのに苦労したぜ」

そう言って笹森さんは、ベッド脇のテーブルに置いてあったペットボトルを掴《つか》み、中の水をゴクゴク飲んだ。

そんな笹森さんを見つめながら、私は昨夜の出来事を必死で思い出した。

そうだ、確か私がテンパッてたら笹森さんが何もしなくていいって言ってくれて、よし、笹森さんにお任せ！　て感じでまな板の上の鯉《こい》の気持ちになって……

わ、私……あの状況で寝るって……あ、汗が……汗が噴き出しそう……

「あ、あの……大変申し訳ございませんでした……」

思わずベッドの上で土下座をした。その瞬間、自分の胸元がバックリ開いていることに気づき、慌《あわ》ててバスローブを押さえた。そして笹森さんを見る。

「みっ、見ました？」

「うん、見た。っていうか昨日散々触ったし」

「きゃ――――っ!!」

そうだった!!

今更ながら恥ずかしさが込み上げてきて、近くにあった布団を掴んで頭から被った。

「おい……、なんだよその反応は」

「わーわーわー」

うう、もう……今なら私、恥ずかしさで死ねる……

布団を被って羞恥《しゅうち》に震える私に、笹森さんが身を寄せてくる。

「おっ！」

頭の側《そば》でそんなことを言うもんだから、顔だけ出して近くにあった枕を投げつけた。

「お前、胸綺麗だよな」

笹森さんが素早く枕をキャッチする。

「そういうこと言わないでくださいってば!!　こっちは恥ずかしくってたまらないのに……」

「別に、お前の体綺麗だし、恥ずかしがることないんじゃね？」

ま、またそういうことを言う！

「～～き、綺麗とか言ってもらえるのは嬉しいんですけど、覚悟を決めてあそこまでいろいろしたくせに、最後寝ちゃったっていう事実が恥ずかしすぎて……」

「酒入ってたし疲れもあったんだろ。気にすんなよ」

「……気にしますよ」

「いつでもやろうと思えばできるし……それともこれからする？」

「え」

笹森さんが私の腕を引いて、そのまま彼の胸に抱き締められる。

「まだ新幹線の時間決めてないしな……」

喋《しゃべ》りながら私の首筋に笹森さんが唇を押し付けてきた。

柔らかい唇の感触がくすぐったくて、私は思わず身を捩《よじ》る。

「笹森さんっ、くすぐったいっ」

「気持ちいいの間違いじゃなくて？」

「きゃんっ!!」

今度は耳朶《みみたぶ》を甘噛みされ、肩が跳ねる。そんな私に気をよくしたのか、笹森さんの舌が耳の中に入り込み、私の耳を犯していく。

「さ、ささもりさ……、っ……」

くすぐったさと同時に段々体が熱くなる。

「いい声」

笹森さんの左手が私の着ているバスローブの合わせから入ってきて、右胸に触れてくる。

「見た目より意外と胸あるよな」

戸惑う私に構わず、笹森さんの指が胸の輪郭をなぞる。そして、掌《てのひら》でゆっくり乳房を持ち上げた。

「笹森さん、何を……」

「重さの確認？」

それって何か意味あるの？

一瞬冷静になりかけたところで、笹森さんが私の着ていたバスローブを左右に開いた。もちろん何も着ていない上半身が露《あら》わになる。

「きゃ――――っ!!」

思わず手で隠そうとしたけど、すぐ笹森さんに腕を掴《つか》まれ阻止された。

「ここまできたら、もう恥ずかしいも何もないだろ」

獲物を捕獲する野生動物みたいな鋭い眼差《まなざ》しをした彼が、そのまま唇を塞《ふさ》いでくる。

昨夜のキスは覚えてるといえば覚えてるけど、お酒も入ってたからフワフワした感じだったのに、完全に素面《しらふ》でするキスはドキドキ感が半端ない。

しかも笹森さん、意外と肉食っぽいよ……

激しいキスと同時に笹森さんのゴッゴッと骨ばった手が私の乳房を揉《も》みしだく。時折勃《た》ち上がった先端を指先が掠《かす》めると、肩が震えるほどビクついてしまう。

その様子を見て笹森さんがニヤリと笑う。

「感じるんだ？」

ココ、と言って先端をペロリと舐《な》められた。

「きゃっ!!」

昨夜に引き続き与えられる刺激に飛び上がりそうになる。

そんな私の反応が面白いのか、笹森さんは実に楽しそうにクックッ、と肩を震わせて舌を出し、先端をチロチロ舐めていく。

「お前、面白いな」

「面白がらないでください……もう、いっぱいいっぱいなんです……」

半泣きで笹森さんを見ると、乳首から口を離し再び私の目の前に顔を寄せた。

「そういう顔、そそるって知ってる？」

「えっ？……んっ……」

再度唇を塞《ふさ》がれ、舌を入れられ絡《から》められる。クチュクチュとお互いの唾液が混ざり合う音が私の意識を彼方《かなた》に飛ばした。キスを繰り返していると段々恥ずかしさより気持ち良さが勝《まさ》ってくる。同時に笹森さんはキスが上手《うま》いんだとぼんやり思う。

下半身が熱い……なんだか自分の体が変だ……

ここまできたら、もう笹森さんの好きにしてください……という気持ちを込めて笹森さんの首に手を回し、頭を私の方に引き寄せた。すると笹森さんの動きが一瞬鈍くなったが、再びキスが激しくなった。

と、そのとき。

ヴィーーン、ヴィーーーン、ヴィーーーーン……

部屋に携帯電話のバイブが響く。

一向に鳴りやまないバイブ音に、私達はゆっくりと唇を離し、互いに顔を見合わせる。

「……俺かも」

笹森さんは私から離れると、枕元に置いてあったスマホに手を伸ばす。

画面を確認した彼は、「……俺だ」と言って、スマホを持ったままバスルームに移動した。

一瞬ぽけーとしてしまったが、自分の今の状態――上半身真っ裸に気がついて、すぐにバスローブを着直す。

……私さっきまで何してた？

真っ赤になっているであろう顔に両手を当て、私は恥ずかしさのあまりベッドに突っ伏す。すると、電話を終えた笹森さんが戻ってきた。

「課長からだ。俺だけ午後から出社することになったから、支度でき次第帰るぞ」

「……そうですか」

「残念そうだな」

「そんなことないですっ！」

「俺は残念だけど？」

笹森さんはニヤニヤしながらシャツを羽織《はお》る。

「二回も寸止めくらうなんて、初めての経験だしな」

「うっ……」

顔を真っ赤にして言葉に詰まる私をチラリと見ると、笹森さんはフッと笑ってバスルームに消えた。

……やっぱり、笹森さんは格好いい。

吹雪《ふぶき》は夜のうちに収まり、午前八時を過ぎた頃には、新幹線も通常通り運行され始めた。

笹森さんはさっさと新幹線の切符を取ると、ホテルで朝食を食べて、新幹線に乗り込んだ。

そして新幹線の中で、改めて笹森さんが私に問いかける。

「さて、結果的にお前の初めてをもらう、という目的は果たせなかったわけだが、どうする？　このまま継続して俺と付き合う？」

「あっ……」

そうだった。——でも、エッチとまではいかなくても、笹森さんといろいろしてしまったのは事実なわけで。あそこまでしたのに、ここでやっぱりやめます、なんて言えない。それに、私の中には今までとは違った彼への気持ちが芽生え始めている。

「継続の方向で、お願いします……」

深々と頭を下げた私に、笹森さんは柔らかく微笑んだ。

「じゃあこれからよろしく、未散ちゃん」

そして、改めて笹森さんとのお付き合い（仮）について確認された。

「会社ではいつも通りに接すること、必要以上に接触しないこと、関係は誰にも話さないこと」

反論することはないので、素直に「はい」と頷《うなず》いた。

それを見た笹森さんは、少しホッとしたような顔をする。

昔社内恋愛でよっぽど嫌な思いでもしたんだろうか。

スマホを貸せと言われて素直に渡すと、笹森さんが自分のスマホと赤外線通信を始めた。通信が終了するとほい、とスマホを返却される。

「お前の連絡先、俺のに入れたから」

「あ、はい。ありがとうございます……」

こうして私と笹森さんのお付き合い（仮）が始まることになった。

「まだ実感ない？」

笑みを浮かべた笹森さんが呆けてる私に問い掛ける。

「そりゃー、ないですよ……。昨日までなんでもなかったのに、いきなりこんなことになるなんて。実は狐《きつね》に化かされているんじゃないかと」

「……狸《たぬき》じゃなくて？」

「笹森さん、狸より狐のイメージなんで」

「そんなキツい顔してるか？」

笹森さんが自分の頬に触れる。

「イメージですから」

「まあ、すぐにどうこうしたりしないから、あんま構えんなよ」

「しようとしたじゃないですか……」

「まぁ……俺も男だからな。そこは勘弁して」

ばつが悪そうに笹森さんは肩をすくめる。

「目の前に旨《うま》そうなものがぶら下がってたら、そりゃあ食うだろ」

そう言われて顔が熱くなる。完全に肉食だ……あれ、でも……

「じゃあ、なんで今まで告白してくる女の子、フリまくってたんですか？」

「……俺にだって好みってもんがあるんだよ。それにフェロモン過多なタイプは苦手なの」

ちょっとムスッとして、笹森さんは視線を車窓に向ける。

てことは……

「私フェロモン出てないんですか？」

「……まあ、少なめだな」

「それはあんまり嬉しくないような……」

「俺がいいって言ってるんだからいいんだよ」

「ハイ……」

そういうものなんだろうか。

「あと」

「なんでしょう？」

「会社には今まで通りの化粧で行けよ」

「――？　言われなくてもそのつもりですが」

「ならいい」

そう言って笹森さんは腕を組んで目を閉じた。すぐさまスー……と寝息が聞こえてくる。

――それにしても二十六まで彼氏がいなかった私が、社内一のイケメンの笹森さんと付き合うことになるなんて……

隣の席で眠る笹森さんの顔をそっと覗《のぞ》き込む。

男の人にしてはまつ毛が長く、肌もスベスベでとっても綺麗。髭《ひげ》もそんなに濃い方ではないみたい。

私、この人とあんなことやこんなことしちゃったんだ……

昨夜からのことを考えたら、ボンッ！と顔から火が出そうになった。

だめだ……深く考えると日常生活が送れなくなりそうだ。

会社ではいつも通りでいないといけないのに、あんなことがあった後ではあまり自信がないよ。

こんなときはどうしたらいいんだろう……あっ、修行!!　滝行とかすればどうだろう？

滝に打たれて煩悩《ぼんのう》退散……いいかもしれない！

この場合、場所はやっぱりお寺だよね？

スマホスマホ！

スマホを取り出して滝行で検索……あ、結構ある。一人でもできる滝行体験……

「……何してんだ」

私が黙々と滝行体験ができるお寺を探していると、隣から声がした。

いつの間にか目を覚ましていた笹森さんが、私の手元を覗き込んでいる。

「えっと、滝行できるところを探してて……」

「……なんで滝行？」

「今、私の頭の中、煩悩まみれなんで……」

「ブッ!!」

笹森さんが腕を組んだままの体勢で噴き出した。

「要予約なんですけど、笹森さんも行きますか？」

「俺はいいわ」

まじまじと私を見た笹森さんは、表情を緩《ゆる》めふっと笑った。

「……やっぱお前面白い」

そう言って彼は、席に体を預け再び眠ってしまった。

お昼前には駅に到着した。この後、有休を取った私は帰宅するけど、笹森さんはそのまま会社に行くそうだ。

新幹線乗り場を出たところで向かい合うと、笹森さんが口を開いた。

「じゃ、俺こっちだから」

「はい。すみません、私だけお休みいただいて」

「仕事溜めとく」

「……ハイ」

もう話すべきことは終わってしまって、沈黙が流れた。

なんだか気恥ずかしくて、私は笹森さんの顔が真っ直ぐ見られなかった。だから、視線を彼の胸の辺りに向けていたら、笹森さんの胸が眼前に迫《せま》ってくる。

「え……」

思わず見上げると笹森さんの顔が真上にあって、同時に額《ひたい》に柔らかなものが触れた。

「じゃ、また会社で」

ニヤリと笑って、笹森さんは私から離れて行く。

そのまま振り返らずに歩いて行く彼の後ろ姿を見ながら、額を押さえる。

……おでこにキスされた……

ここ駅なのに。絶対何人かの通行人に見られてるよ……

男女交際というのは、こんなに恥ずかしいものなの？

こんなんばっかりだと、私の体、もたないかも。ドキドキしすぎて心臓がヤバイよ……

「とりあえず……家に帰ろう……」

生まれたての小鹿の如《ごと》く震えてガクガクする膝をなんとか動かし、やっとのことで帰路についた。

家に到着してジャージに着替え、日課の株価確認をする。

保有している株も私の今の気持ちと同じく、上がり下がりを繰り返している。

いつもだったら至福の株価チェックの時間なのに、今日の私の頭の中は笹森さんのことでいっぱいだ。

私は頭に全然入ってこないパソコンの画面を見ながら、しばらくぼんやりとしていた——

三　初めてのお付き合い

急展開の出張から一晩経った。

昨晩はパソコンの画面をぼんやり眺めているうちに、いつの間にか炬燵《こたつ》の天板に突っ伏して眠ってしまっていた。

おかげで今朝目覚めると、なんだか体がだるかった。でもそんなこと言っていられない。

だって笹森さんと秘密の社内恋愛中なんだから、バレないように気を引き締めていかなくちゃ！

気合を入れて出社すると、なんだか女性社員にチラチラ見られている気がする。

たぶん、出張先で笹森さんと泊まった話がもう広がっているのだろう。

これが笹森さんじゃなくて課長とだったら、こんなふうに噂になったりしないのにな
あ、と思いながら自分の席へついた。

すると即座に後ろから近寄る影。

「おはよう横家さん!!」

「あ、吉村さんおはようございまー……にゃっ!?」

私は、吉村さんにホールドされ、そのまま給湯室に拉致《らち》されてしまった。

「ちょっ、吉村さん、なんですか!?」

「横家さん……私には真実を話してくれてもいいのよ？　絶対に口外しないから!!」

ハアハアと息を荒く吐きながら、吉村さんが興奮気味に私に詰め寄る。

「吉村さん、瞳孔《どうこう》が開き気味……」

「絶対出張先でなんかあったでしょ!?」

うっ。鋭い。

「……な、なんでそう思うんですか？」

「昨日、午後から出社してきた笹森君の様子がおかしかったからよ」

「様子がおかしい？」

私といるときは特に何もなかった気がするけど。

「みんなは気づいてなかったみたいだけど、私には分かるのよ……笹森君の周囲のほわーんとした空気……。あんなの、ここ数年なかったことだわ!!」

「吉村さんって、一体何者ですか……」

吉村さんは私の両肩を掴《つか》み、ぐっ、と力を込めた。

「横家さん……もし笹森君に口止めされているなら仕方ないけど、私はあなたの味方だから！　何かあれば私に言って？　あなた達の仲を邪魔するようなやつらがいたら、私のありとあらゆる人脈を駆使して、そいつらを排除してやるから!!」

「……ハイ」

吉村さんの勢いに押されて、つい頷《うなず》いていた。

その後、吉村さんから解放され自分のデスクにつくと、早速溜まった仕事の片づけを始める。パソコンを立ち上げて、書類を整理していたら、頭の上から声をかけられた。

「おはよう」

その声にドキッとする。見上げるといつも通りの無表情な笹森さん。

私もいつも通りにしないとと思うのに、変に意識してしまって、笹森さんの目が見られない。

思わず目を逸《そ》らしてしまった。

「お、おはようございます。昨日はお休みをいただいてすみませんでした」

立ち上がって笹森さんにぺこりと頭を下げると、彼は「その分仕事よろしく」と言って自分の席に行った。

なんというか、ほんと、いつも通り。昨日のお付き合い（仮）が夢だったんじゃないかと錯覚するくらい、いつも通りだ。

さすがの面《つら》の皮……と言っては失礼だが、肝《きも》が据《す》わっている。自分だけ意識しているのが馬鹿らしくなってくるほどだ。

そのとき、後ろから視線を感じて振り向くと、吉村さんが妙に嬉しそうにウンウンと頷いていた。

お母さんですか、あなたは。

私はなんとか気持ちを切り替えて、仕事を始めた。

しかし……こうしていると今までと何も変わらない。連絡先は交換したけど、笹森さんからの連絡は特にないし。

もしかして私からするべきだったのかな？　付き合うってこと自体初めてでどうしていいか分からないよ。それとも、やっぱり全部夢だったとか？

ゆ、夢だったら……へこむなあ……

一人でそんなことを考えて、ついため息を漏《も》らす。

笹森さんは外出先から帰ってこないし、気づけばもう定時を過ぎていた。

帰ろうかな……と思っていたら、私のスマホにメールが届いた。

見てみると、笹森さんからだった。

【今日、飯食いに行こう。駅前のコーヒーショップで待ってて】

お、お誘いキタ――――ッ!!

それまで夢だったかも、なんて思っていたのに、心臓が急に早鐘を打ち始める。

メール一つでこんなに余裕ってなくなるものなの？

ドキドキして小刻みに震える指を動かし、なんとか【了解です】と返信した。

緊張のあまり、汗まで出てきたよ。

「あら、横家さん今日はもう上がり？」

吉村さんがこちらを向き、片づけ始めた私に声をかけてきた。

「あ、ハイ……なんか、体調あんまり良くなくて……」

私は内心の焦りを隠して答えた。

「あらほんと、汗かいてる。早く帰ってゆっくり休んだ方がいいわ～」

「ありがとうございます、そうします。じゃあお先に失礼します」

「お疲れ～」

手を振る吉村さんに見送られ、私は気持ち足早に職場を後にした。

急いで待ち合わせに指定されたコーヒーショップへ向かうと、笹森さんはまだ来ていないようだった。

ま、待ち合わせ……すっごく緊張するんですけど……

到着してから三十分ほど、そわそわしながら一人でコーヒーを飲んだり株価のチェックをして時間を潰《つぶ》していたら、「悪い、待たせた」と笹森さんが現れた。

イケメン笹森さんの登場に、ショップ内の女性客が途端に色めき立つ。

笹森さんは走ってきたのか息が上がっていて、片手に薄手のコートとビジネスバッグを持ち、もう片方の手で乱れた髪を掻き上げる。そんな仕草がいちいち格好いい。

「そんなに急いで来なくても大丈夫ですよ」

急いで来てくれたことが嬉しくて、自然と口元に笑みが浮かんでしまう。

「……こっちが誘った手前、あんまり遅れるのもどうかと思って」

そんなこと言われたら私の中の笹森株が急上昇してしまう。

「じゃあ、行くか」

笹森さんと一緒にコーヒーショップを出ると、「ホレ」と言って彼が手を差し出す。

私がキョトン、としていると、業《ごう》を煮やした笹森さんが私の手を取った。そして指を絡《から》めて手を繋《つな》ぐ。

「わ、笹森さん⁉」

「やっぱ、付き合いたてはここからだろう？」

「最初に結構進んじゃってますけど……」

「じゃ、もっと先に進む？」

ニヤリと笑った笹森さんが顔を近づけてくる。真っ赤になって無言でブンブン首を振ると、彼は「ハハッ」と声を出して笑った。

「この前和食だったから、今日は中華食おうぜ」

二人並んで歩きながら、そんなことを言う彼はやけに楽しそうだ。

「中華ですか、いいですね。楽しみです」

「フカヒレスープが旨《うま》い店があってさ。いろいろ食べてきたけど、俺の中では今から行くところが一番旨いと思うんだよな」

「フカヒレ……私食べたことありません……」

「マジかっ⁉」

そこから笹森さんがフカヒレについて熱く語ってくれたけど、私は繋《つな》がれた手が気になって話が全然頭に入ってこなかった。

男の人と手を繋ぐことが、こんなにドキドキするなんて知らなかったから。

笹森さんおすすめの中国料理店で、彼の言動にドキドキしつつ初めて食べたフカヒレは、コシのある春雨《はるさめ》みたいだった。とろみのあるスープはコクがあり、笹森さんが旨いというだけあって凄く美味《おい》しかった。その他にも何品か注文して取り分けてもらったが、どれもみんな美味しかった。

「今度はフカヒレの姿煮、食いにいこう」

そんなふうに彼が優しく言ってくれるのがなんだか夢みたいに嬉しくて、体がふわふわする。

ご馳走《ちそう》になって店を出ると、笹森さんが声をかけてきた。

「時間も遅いし、タクシーで帰るか？」

ここから私の家まではタクシーだと結構距離があるし、これ以上笹森さんと一緒にいたら緊張でどうにかなりそうだ。

「いえ、大丈夫です。駅すぐそこだし、今日はこのまま電車で帰ります」

「そうか。じゃあ駅まで一緒に行こう」

駅まで百メートルほどの距離だけど、横に笹森さんがいるだけで、私の体は火照《ほて》って仕方がない。

駅に到着し、改札を通り抜けると、利用する電車が違うためここでお別れになった。

「あの、笹森さん、今日は本当に美味しいフカヒレご馳走さまでした」

深々と下げた私の頭に、ぽん、と笹森さんの手がのった。

「また旨いもん食いに行こう。じゃ、お疲れ」

そう言ってニヤリと笑った笹森さんは、軽く手を上げ、自分が利用する電車のホームに歩いて行った。

彼の背中を目で追い、見えなくなってから私はゆっくりと歩き出す。

──あー、緊張した……。それに体がいつもより熱いしふわふわする。

電車に揺られつつ余韻に浸《ひた》っていたのだが、帰宅してからもなかなか体の熱さとふわふわした感じが治まらない。

これ何かおかしくない？　いくら初めてのお付き合いで緊張したからって、こんなふうになるもの？

疑問に思って熱を測ってみると、体温計は三十八度を表示していた。

ふわふわの原因は発熱だったのか……

なんだか急にずっしり体が重くなったような気がして、急いで常備している風邪薬を呑んで早々にベッドに入った。

翌朝、再度熱を測ってみると三十八度六分。

下がるどころか上がっていて、がっくりきた。

頭がガンガンと割れそうに痛むうえ、喉《のど》まで痛い。

——仕方ない、会社を休もう……

私はそう決めると、素早く行動した。

会社に連絡して休みをもらい、支度をして近所の医院に向かう。

到着して受付を済ませた後、患者も少なかったようであっという間に診察室に呼ばれた。診断はやっぱり風邪。一応インフルエンザの検査もしたけど陰性で一安心。

だけど体はだるいし、だんだん声を出すのも辛くなってきた。

ふらふらしながら調剤薬局で薬をもらい、帰りにドラッグストアでスポーツドリンクや栄養補助食品などを買い込んで帰宅した。これで今日は家から出なくても大丈夫。

と、そのとき私のスマホに着信が。画面を見ると吉村さんからだった。

仕事のことで何かあったのかと、少し不安になりつつ通話ボタンをタップする。

「お疲れ様です、横家です」

『あっ、横家さん！　大丈夫？　熱出たんだって？』

「はい、今病院行って戻ってきたところです。風邪でした。ご心配おかけしてすみません……」

『確かに声がガラガラね。こんなときにごめんね、用件だけ話すわ。もしかしたら今日か明日、横家さんの家にプレゼントが行くと思うから。来たら受け取ってね』

……プレゼント？　なんで？　思い当たる節が全くない。

「吉村さん、私の誕生日はずいぶん先ですが……」

『ああ、そういうんじゃないのよ。ただ心積もりだけしておいてね！　じゃ、お大事に！』

「えっ、あの……」

切れた。一体なんだったんだろう、さっぱり分からないけど……最近吉村さんに自宅の住所を聞かれたし、何かお見舞いの品でも送ってくれたのだろうか。

いや。それはいいとして、とにかく今は休養だ。

「もう、寝よ……」

軽く栄養補助食品を食べ、もらってきた薬をスポーツドリンクで飲むと、私はベッドに入って布団を被った。

そうして目を覚ましたのは昼頃だった。薬が効いたのかだいぶ体がすっきりしている。起き上がって汗をかいた服を着替え、軽く食事をとっていたらあることに気づいた。

……今日は平日だ……今ならデイトレができる……

でも風邪で会社を休んでいるわけだし、おとなしく寝ていた方がいいよね。

でも、でも、こんな機会滅多にないし……。うう、ちょっとだけ……


「へっへっへっ……」

とっぷり日が暮れ、会社の終業時間もとうに過ぎた頃。私はパソコン画面のネット証券の約定一覧を見ながら思わず笑みを零《こぼ》した。

やっちゃいました。デイトレ。

デイトレ――デイトレードはその日買った株を、相場を見ながら平日の九時から十五時の間に売買することだ。その日に決済を終了させるので、夕方のニュースで会社の業績悪化や不祥事が知らされたとしても、翌日の株価の暴落を避けられるというメリットがある。

でもこれで利益を上げるにはかなりの熟練が必要だった。初心者の私は、一体どんなものなのかやってみたいと常々思っていたのだ。

そして今日、狙いをつけた株でほんのちょっとの利益が出た……！

カリスマデイトレーダーとかは一日に何万、何十万、果ては何百万の利益を出すらしいが、こっちは出資額が違うからね。そんなに大きく儲《もう》けられません。それに一日中パソコン画面とにらめっこしていないといけないし、ハマると大変なことになりそうだから、私は少額投資の練習程度で十分だった。ほんのちょっとの利益だってかなり嬉しいし。

体調は、まだ時折咳が出るけど、もらった薬のおかげか熱は三十七度台で落ち着いている。

運良く明日は土曜で会社は休みだし、来週には問題なく出社できるだろう。

ご飯を作るのが面倒なので、ドラッグストアで買ってきた菓子パンをかじって空腹を満たした。食欲もそこそこあるし、もう大丈夫だな。

すると我が家の呼び鈴が鳴った。

現在の時刻は十九時過ぎ。こんな時間に来るような人に心当たりはない。

もちろんこのアパートにはインターホンなんぞ付いていないので、ドアについてる覗《のぞ》き穴から外の様子を窺《うかが》う。

「あ、なーんだ」

ドアを開けると、荷物を抱えた配達のお兄さんが立っていた。

「どうもー、佐の山急便でーす」

「ハイご苦労様でーす」

サインをして荷物を受けとると、お兄さんは「どうもー」と爽《さわ》やかに帰って行く。荷物は実家からだった。ラベルには食べ物と書いてあり、ややテンションが上がった。

玄関先で段ボールを開けようとすると、またしてもピンポーン、と呼び鈴が鳴る。

また宅配？

「はーい……」

なんの気なしにドアを開けて、私は石化した。

ドアの向こうには会社帰りと思われる無表情の笹森さんが立っていた。

今の私の状態を説明しよう。

完全なる素っぴんに、服装は上下毛玉だらけの安物ジャージ。冷えるといけないので首にタオルを巻き、手櫛《てぐし》で整えただけのぼさぼさの頭。

笹森さんは余程驚いたのか私を見たまま微動だにしない。私達はお互い言葉を発しないまま見つめ合った。

ヤバい……この汚い格好をよりによって笹森さんに見られてしまうなんて……！

宅配のお兄さんに見られてもなんとも思わないのに、笹森さんに見られたとなると焦りすぎて変な汗が出てきた。

　すると笹森さんの口元が徐々に歪《ゆが》みだす。

「ふっ……ふふっ……ははは っ……あーはっはっはっ!!」

　笹森さんが体を「く」の字にして腹を抱えて笑い出した。

「えっと……笹森さん、あの……」

　大笑いされている……ど、どうしよう……も、もうこうなったら仕方がない。恥ずかしさは二の次で、まずは近所迷惑にならないよう、笑い続ける笹森さんを無理矢理玄関に引き入れた。

「あー、笑った笑った」

　笹森さんは目に涙を浮かべるほど大笑いした後、私の部屋の炬燵《こたつ》の横に長い足を投げ出して座った。

　余りにも大笑いするもんだから、思わず笹森さんを部屋の中に引っ張り込んでしまったが、狭い私の部屋に彼がいるなんて違和感が半端ない。

　なんで家を知っているのか聞いてみたら、吉村さんが教えてくれたそうだ。

　吉村さん……もしかしてさっき電話で言ってたプレゼントってこれですか、かなり想定外です。

　せっかく来てくれたのに、おもてなししないわけにいかない。急遽《きゅうきょ》たまたま家にあったドリップ式のコーヒーを淹《い》れて笹森さんの前に置いた。

「お前病人だろ。俺に構わなくていいから休んでろよ」

「病人と言っても、薬のおかげで今は熱が少しと若干喉《のど》が痛いくらいなんで、もう大丈夫ですよ」

「食欲はあるのか？」

「軽いものだったら食べられます」

笹森さんの視線がさっきまで私がかじっていた菓子パンに向けられる。無言でじっと見ているところを見ると何か言いたいんだろうなぁ。

すると笹森さんが「差し入れ」と言って持参した紙袋をズイ、と差し出した。受け取って中身を確認してみると、そこにはちょっと高価な栄養ドリンクが数本とサンドイッチが入っていた。

「わー、サンドイッチ～!!　あ、これデパ地下に入ってる美味《おい》しいお店の……」

「人気あるっていうから買ってみた」

コーヒーを飲みながら笹森さんがさもなんでもないことのように言う。

私のためにデパ地下行ってくれたんですか？　ちょっとキュンとした。

「俺も自分の弁当買ってきたから、ここで食わせて」

「はい、どうぞ」

笹森さんはビニール袋から焼肉弁当を取り出し、割り箸《ばし》をくわえパキリと割りつつ部屋の中をぐるりと見回した。

「それにしても、学生の部屋みたいだな」

「実際学生時代からここに住んでます。もう八年になりますね」

「八年！　もうちょっと広い部屋に引っ越そうとか思わないのか？」

レタスがシャキシャキと瑞々《みずみず》しいハムサンドを食べながら、んー、と首を傾《かし》げる。

「なんか面倒で。慣れちゃったし」

「はっきり言って狭いし、壁だって薄いんじゃねーの？」

「薄いです。隣に住んでる学生さんが彼女連れ込んでるときなんか、あの声が聞こえてきます」

そうなんだよねえ……そこだけが嫌かな。あとは狭くたって慣れれば快適なんだけど。

「隣に住んでるのは男か」

笹森さんが何故か低い声で呟《つぶや》く。

「そうですけど……可愛い学生さんですよ。理系の大学行ってて……」

「彼氏の前で他の男褒《ほ》めるってどうなの」

笹森さんの反応に一瞬言葉に詰まった。

「やっ、あの……決して褒めたわけではなく、客観的な意見としてですね……」

しどろもどろになる私を目の端でチラ見すると、「ふっ」と笑う。

「嘘だよ」

「……笹森さん、からかうのやめてくださいよ……」

「悪い――」

そのとき笹森さんが一点を見つめて動きを止める。彼の視線を追うと、そこには部屋干ししてる洗濯物が！

「あーっ‼」

慌《あわ》てて立ち上がって、洗濯物を布団の中に押し込んだ。

「……見ました？」

「見た。ピンク色に花柄のブラジャー」

「わあああ‼」

「今はそんな格好してるくせに、下着は可愛いじゃん」

ニヤニヤしながら私を見る笹森さん。

「可愛い下着が好きなんです……」

そう、私ったら、持っている服は地味な色合いのものばかりなのに、下着はピンクとかフリルとかがついた可愛いデザインが大好きなんです……

いらんことがバレてしまった、と笹森さんをチラ見したら、相変わらず面白そうに私を見て笑っている。

「サイズ教えてくれれば、可愛いの買ってやるよ」

「……ぜ、絶対教えません！」

「今はどんなのつけてんだ」

「……!!　笹森さん、変態っぽい!!」

「……変態呼ばわりされたのは初めてだ……」

彼はさすがにショックを受けた様子で項垂《うなだ》れている。

そんな会話をしながら夕飯を食べ終え、改めて笹森さんにお茶を出した。

笹森さんはスーツのジャケットを脱いでのんびりテレビを見ていて、なんだかリラックスしているように見える。

こんな狭い部屋で申し訳ないなあ。しかもうち、お茶菓子の一つもないよ。

実家から送られてきたのは米、味噌、小麦粉、芋……今は何の役にも立たん。

「来週は出勤できそうか？」

笹森さんがテレビから視線を逸《そ》らさずに聞いてきた。

「はい、たぶん大丈夫です。熱ももうそんなにないし」

「仕事はできるだけ片づけてきたから、もし体調悪かったら無理して来なくていいからな」

「……私の分までやってくれたんですか？」

「ついでだ」

……何気なく言ってるけど、大変だったはずだ。本当にもう笹森さんって優しいなー。

そう実感した。

前に吉村さんが言ってたことがようやく分かる。さらりとこんなことできちゃうんだから。私の中の笹森株、高値更新だよ。

するとスッと笹森さんが立ち上がった。

「本当なら、明日休みだからここに泊まるところだけど」

「え」

泊まる、という言葉にドキッとした。

「さすがに病人には手出せないからな。大人しく帰るよ」

「な、なんかすみません……」

よく分かんないけど、謝ってしまう。

「あと、これ渡しておく」

そう言われて渡されたのは、鍵とメモ。

「俺んちの鍵と、住所」

「えっ」

「元気になったら、うちにも来て」

笹森さんが優しく微笑むと、嬉しさが込み上げてきて途端に私の顔に熱が集中した。

「はい……ありがとうございます」

ぺこりと頭を下げる。

「……これで帰るのは、やっぱ物足りないな」

「へ」

と、笹森さんを見たときには、既に笹森さんの顔が目の前にあった。後頭部を引き寄せられ、そのまま唇を塞《ふさ》がれる。

「さ、さもりさ……、かぜ……うつ……」

少し唇を離して笹森さんに訴えるけど、後頭部の彼の手は外れてくれない。

「いいよ、移して」

彼はそう言って、再び唇を塞いでくる。容赦《ようしゃ》なく入り込んだ舌が私の舌に絡《から》まる。そしてしばらくの間、笹森さんのなすがままになった。

なんだか、蕩《とろ》けそう……

どれくらいそんなことをしていただろう。笹森さんの唇が離れたときには、体が熱くなっていた。

「やべ、やりすぎたかも……」

笹森さんがちょっと困ったように笑って、私の頭を撫でた。

「じゃ、な。早く寝ろよ、未散」

初めて名前を呼び捨てられた！

「は、はい……おやすみなさい」

「おやすみ」

笹森さんがアパートの階段を下りていくのを見送って部屋に入った。

こういう、恋人っぽいことは慣れてないから照れちゃうよ。

「熱い……」

布団に入って熱を測ってみると、三十八度三分。

ぶり返した……

四　怒涛《どとう》の歓迎会

翌週の月曜日。ぶり返した熱が無事に下がりいつも通り出勤すると、課長に声をかけられた。

「おはよう、横家さん。風邪だって？　体調はもういいの？」

「おはようございます。先週は忙しいときに休んでしまって申し訳ありませんでした。おかげさまで、すっかりよくなりました」

私が頭を下げてそう伝えると、課長は笑顔で首を振った。

「いやー、よかった。それなら予定がパーにならなくてすみそうだな」

「予定？」

すると課長から、私の歓迎会をすることになったと笑顔で告《つ》げられた。

「えっ、歓迎会ですか？　でもみんな忙しそうだし無理にやらなくても……」

「大丈夫大丈夫、ちゃんとそれに合わせて予定組むから。明後日《あさって》の夜、空けといてね！」

言うだけ言うと、課長はニコニコしながら去って行った。

「みんな理由付けて飲みたいのよ」

いつのまにかすぐ横に来ていた吉村さんにそう言われる。

驚きつつ挨拶《あいさつ》をすると、彼女はにっこりと笑顔で挨拶を返してくれた。

「……で、プレゼントはちゃんと届いた？」

にこにこしながら私の返事を待っている。

たぶん吉村さんにはバレているんだろうけど、一応なんのことですかととぼけておいた。

「うふふ。その顔だと来たようね」

「そ……それよりもですね吉村さん、水曜の歓迎会のことですが」

「ああ、遅くなっちゃってゴメンね？　主役はタダだから、思いっきり食べて飲んでね」

「タダ！」

素敵な言葉に、つい反応してしまう。

歓迎会なんて新入社員のとき以来だな。

「おはよ」

彼の声を聞いた瞬間、自分でもびっくりするほど心臓が大きく跳ねた。

「お……おはようございます」

「体調は？」

笹森さんがいつものポーカーフェイスで私の顔を覗《のぞ》き込んでくる。

「もう大丈夫です、ご心配をおかけしました」

「あんま無理すんなよ」

小さい声でそう言って、笹森さんは席につく。

笹森さんと社内恋愛をしていることは秘密だけど、こんなふうにさりげなく気を遣ってもらうと、顔がニヤけてしまって困る。

なんだかまた発熱したみたいに体が熱くなってきた。しかも頭にちらつくのは、金曜日の夜、笹森さんが去り際にしたキスのこと……

うわあだめだ！　思い出すな私、今は自粛《じしゅく》！

そうしてやっと仕事を開始するが、思っていたほど溜まっていない。金曜日に笹森さんが「できるだけ片づけた」とは言っていたけれど、ほぼ全部やってくれたんだろうな
あ、とまたまた彼に感謝する。

――そういえば、笹森さんも歓迎会来るのかな。

ふと気になって、昼休みにメールで笹森さんに聞いてみた。

【仕事が終わり次第行く】

返ってきたメールを見て、心が躍《おど》る。こんなことだけで嬉しくなるなんて、私どうしちゃったんだろう……

「横家さん、ちょっといいですか？」

歓迎会当日の昼休み、同じ部署で私より一年後輩の三上知哉《みかみともや》君に話しかけられた。彼は細身で背が高く、女性のように綺麗な顔立ちをしている。

彼が入社したときは期待の新人が入ってきたと、女性社員の噂の的《まと》だったのを今でも覚えている。

私も初めて見たときは、なんてまた見目麗《みめうるわ》しい新人が入って来たんだと思ったけれど、三年経った今では彼の存在などすっかり頭の隅《すみ》に追いやってしまっていた。

「今日の歓迎会、自分が幹事ですのでよろしくお願いします。場所はこちらです」

三上くんがお店のカードを差し出してくる。

「ありがとう。ここ、どんなお店？」

「わりと新しいんですけど、食事も美味《おい》しいし酒の種類も多いから評判いいんですよ。だから即決しました。横家さんって結構酒飲みますか？」

「飲むけど……あんまり飲むと寝ちゃうんだよ」

つい最近の嫌な記憶が甦《よみがえ》る。うん、あれは盛大にやらかした。あんなことはもう二度としたくない。

「寝てもいいですよ。なんなら自分が送って行きますから」

綺麗な顔でにっこり微笑まれる。この人、こんな冗談言うんだ。

「あはは。ありがと」

「本気なんだけどなぁ」

「横家」

三上君と話をしていたら、いつの間にかすぐ後ろに笹森さんが来ていた。

「あ、笹森さん、お帰りなさい」

「これ、急ぎの書類。午後の会議で使うから纏《まと》めておいて」

そう言って彼は、私に書類の束を手渡す。

「はい。じゃあ三上君、今日はよろしくね」

「こちらこそ。自分は先に行ってるんで何かあれば連絡ください。そのカードの裏に連絡先書いておきましたから」

さっきもらったカードを裏返すと手書きで彼の番号が書かれていた。三上君はマメなんだな。

「うん、分かった。何かあったら連絡するね」

私の返事に、三上君はにっこりと笑って席に戻って行った。

さて、と振り返ると、机に頬杖をついて笹森さんがこちらを見ている。

「他にも何かありますか？」

「いや……特には」

そう言って笹森さんはふい、と顔を逸《そ》らし、パソコンに向かった。

なんだろ。変なの。


仕事を終え、トイレに行ったら、総務部にいた頃の後輩である美香ちゃんに遭遇した。

「せんぱーいっ！　あれから笹森さんとはどうですか？　仲良くやってます？」

美香ちゃんはにっこにこしながら私の返事を待っている。このシチュエーション、つい最近経験したばっかりだな……まるで吉村さん二号だ。

「いや～、何もないよ、相変わらず」

ここで実はいろいろあったなんて言えるわけがない。

美香ちゃんに悟られないよう笑顔で誤魔化《ごまか》した。

「先輩これから帰りですか？」

「んーん、これから私の歓迎会なんだ」

「へー、……って先輩、その格好で行くんですか？」

「えっ……どこか変？」

今日の私の格好は、ストレッチのきいた黒のスキニーパンツに白シャツ、グレーのセーター。飲みに行くわけだから、いかに楽に過ごせるかというところに重点を置いたコーディネートだ。

私の格好を上から下まで見た美香ちゃんは、眉を寄せてぽつりと言った。

「可愛くないです」

美香ちゃんにストレートに言われ、軽くショックを受ける。

「楽な格好で来たのモロバレですよ！　せっかくの主役なんだから、もっと可愛くしましょうよ！　私の予備の服貸してあげます！」

「予備の服なんて持ってきてるの？」

「急に合コンになったときのための非常用です」

って言われてもなあ……今から着替えるのめんどくさいじゃん。

「いいよ～着替えに時間もかかるし、みんな待ってるから……」

「ダメです！　営業部の歓迎会ってことは、笹森さんも来るんですよね？　笹森さんだって絶対可愛い方が好きだと思いますっ！　さっ、面倒くさがらずに更衣室に来てください！」

そんなふうに言われたら、気持ちが揺らいでしまう。

結局私は、半ば美香ちゃんに引きずられるようにして、更衣室に向かった。

そして経過すること十分ほど……

「なんか恥ずかしい……」

更衣室のロッカーについている鏡を覗《のぞ》き込みながら、改めて自分の姿を見て困惑する。

美香ちゃんに着せられたのは白のハイネックカットソーに、膝上十センチの千鳥格子《ちどりごうし》柄《がら》のワンピース。こんなに脚を出したのは一体何年ぶりだろう。

「先輩、脚綺麗っ！　せっかくだから、軽くメイクもしちゃいましょう」

すっかりテンションの上がった美香ちゃんに、ノリノリで化粧まで施《ほどこ》された。

……笹森さんにいつものメイクで会社行けって言われてるけど、勤務時間外だからいいかな？

仕上がった自分を見て、あまりにもいつもの自分と違うので逃げ出したくなった。

「ひいい、美香ちゃん！　これ誰？　この顔じゃ、みんな私だって気づかないよ！」

「大丈夫です！　ちゃんと分かりますって。綺麗になった先輩見て、笹森さんきっとびっくりしますよ～」

「そ、そうかな～。でもこんなにいろいろしてくれて、美香ちゃんありがとね」

美香ちゃんにお礼を言うと、彼女はニコッと笑って、グッと親指を突き出し「ぐっどらっく!!」と私を送り出してくれた。

いや、ただの歓迎会だから……

指定された店に行くと、ちょうど三上君が入り口の前辺りで電話をしていた。

一応声かけてから店に入った方がいいかな、と思い、電話が終わるまで彼の近くで待つことにする。ややあって電話を終えた彼が振り返り、私に気づいた。

「あ、三上君お疲れ様です。もう中に入っていいのかな？」

ごく普通にそう言っただけなのに、何故か三上君は私を見たまま固まってしまった。

「え……ええっ!?　横家さん!?」

「はい、そうですけど……」

……やっぱりそんな驚くほど別人みたいになってるのかな、私。

三上君の態度に一抹《いちまつ》の不安を感じてしまう。

「あの……」

「横家さん、どうしたんですか……昼間と服装違いますよね？」

「ああ、出がけに後輩に着替えさせられて……。変かな？」

自信のなさからそう聞くと、三上君は力いっぱい首を横に振った。

「全っ然変じゃないです！　滅茶苦茶《めちゃくちゃ》可愛いです……」

異性から面と向かって褒《ほ》められたことのない私は、びっくりして目を丸くする。

「あ、ありがとう……」

すると三上君は、ハッとしたように口元を押さえ私から目を逸《そ》らした。

が、すぐに笑みを浮かべ、「さ、行きましょう」と店の中に案内してくれる。

和モダンな内装と清潔感に満ちた店内は、凄くお洒落《しゃれ》だ。客層はわりと若い人が多く、テーブル席はほぼ埋まっていた。奥に進むと何枚か襖《ふすま》が見えてきて、そのうちの一つの座敷に連れて行かれた。

座敷には結構な人数が集まっていた。主賓《しゅひん》ということもあり、上座に座らされる。いつも忙しい営業部だけど、こんなに集まってくれたのか、と思っていたら、まだ会話を交わしたことのない社員二十人くらいに、入れ代わり立ち代わり声をかけられた。

一人一人に挨拶《あいさつ》しながらも、私は自然と笹森さんの姿を探す。だけど、彼はまだ来ていないようだった。

しばらくして、あらかた席が埋まると、三上君の進行で課長が立ち上がり挨拶をする。そして私も一言話すよう促《うなが》された。

「今日はありがとうございます。早く仕事を覚えられるように頑張ります」

その後、課長が乾杯の音頭《おんど》をとった。

私の隣には幹事の三上君が座り、甲斐甲斐しく世話を焼いてくれる。

「横家さん、何か取りましょうか？」

三上君は、そう言ってせっせと料理を取ってくれた。

「三上君はマメだねー」

少しずつ綺麗に料理が盛り付けられた皿を見て、私は感心してしまった。

「そうですかね、あんまり言われたことないですけど」

「そうなの？　かなりマメだと思うけど」

「それは下心があるからですよ」

三上君がニッコリと微笑む。

「ふーん？　そうなんだ」

唐揚げをもぐもぐ食べながら返事をすると、何故か三上君は微妙な顔をした。

それにしても笹森さん、遅いなー。

よく見ると、女性陣は勤務中より遥かに綺麗になっている。服も化粧も気合十分といった感じだ。

やっぱり美香ちゃんが言ったように、みんな、笹森さんを意識してるのかな？

そう思ったら、胸の中がモヤモヤしてきた。

お付き合い（仮）を始めて分かったことだけど、本当の笹森さんは凄く優しい。

もしみんながそれを知ったら、今以上にモテちゃうでしょ。

そうなったら、私なんてあっという間にポイッと捨てられちゃったりして……

ああ、こんなこと考えるんじゃなかった。

せっかく美味《おい》しい揚げ出し豆腐を食べているのに、どんどんブルーになっていく。

「おっ、横家さん飲んでるかい？」

そのとき、課長が頬をほんのり赤く染めて私と三上君の間から顔を出した。

「はい、飲んでますよ。課長……でき上がるの早すぎませんか？」

「そうかな？　あれぇ、横家さんいつもと感じが違う？」

「そんなわけないじゃないですか～いつも通りですよ。課長疲れてるんじゃないですか？」

「……そうかな。有休取ろうかな……」

あはは、と笑いながら課長が離れて行くと、三上君がププッと噴き出した。

「横家さんって楽しい人ですよね」

「……自分ではよく分からないんだけど、最近よく言われる」

笹森さんに。

「でも課長が言ったことは間違ってないですよ。今日の横家さん凄く綺麗です」

三上君の私を見る眼差《まなざ》しが今までより更に優しくなった。

「ど……どうもありがとう……」

褒《ほ》められ慣れていないので、狼狽《うろた》えて視線が泳いでしまう。そんな私に気づいているのかいないのか、三上君が距離を縮めて顔を近づけてきた。

「横家さん、今付き合ってる人いますか？」

唐突な質問にドキン、と胸が跳ねた。

「い……います……」

私は、俯《うつむ》きながらおずおずと答える。

う、嘘じゃないし。ちゃんと付き合ってるし。（仮）だけど。

すると、私の返事を聞いた三上君が、ポツリと呟《つぶや》いた。

「いるんだ……」

「はあ、まあ……」

驚いているのか、そう答えてから三上君は視線を下に落としたまま無言になった。

きっといないと思われてたんだろうな。

そう思って食事を再開しようとしたら、顔を上げた三上君にまた話しかけられた。

「お付き合いしてどれくらいですか？」

「……一週間くらい？」

「えっ、付き合い出したのって、つい最近なんですか⁉」

三上君が持っていたコップを置き、ぐっと身を乗り出してきた。

「うんまあ、そーなるね」

あんまり突っ込んで聞かれても困るんだけどね……

もうこれ以上聞かれたくなくて、手にお皿を持って食べることをアピールしているのに、三上君は全く構わず話しかけてくる。

「相手、どんな人ですか？」

「え……答えなきゃダメ？」

ダメです、と三上君がにっこり笑うので、仕方なく笹森さんを頭の中に思い浮かべた。

「んーと、イケメンで背が高くて頭良くって、優しい人」

「……マジですか？　凄いハイスペックじゃないですか」

さすがに三上君も驚きを隠せない様子。そりゃ私だって未だに信じられないくらいですから。あんなイイ男を絵にかいたような男性と、（仮）とはいえお付き合いをしているなんて……

「マジです」

「……それって、どっちから付き合おうって話になったんですか？」

どっちからだろう？

「付き合う？」って聞いてきたのは笹森さんだけど、そういう話になったのは私があんな話をしたからだし……

「両方、かなぁ」

「……そうなんだ」

ポツリと言うと、三上君は私から視線を逸《そ》らし、何か考えるように遠くを見た。

「本来ならここで諦めるべきなんだろうけど、残念なことに自分はとっても諦めが悪いみたいです」

そう言って顔を戻すと、三上君は綺麗な笑みを浮かべた。

「は……？」

なんのことかさっぱり分からなくて困惑していると、目の前の女性達がザワザワし始める。なんだろう？　と思って入り口の辺りを見たら、ちょうど笹森さんが座敷に入って来るところだった。

「遅くなりました」

笹森さんの登場で途端に場が賑《にぎ》やかになり、目の前の女性達が「笹森さん、ここ空いてますー！」と場所を詰め始めた。

笹森さんは、そちらを一瞥《いちべつ》した後、同世代の男性同僚が座る辺りに無理矢理座った。

そりゃ、あんな今にも笹森さんを食らいそうな肉食女子の隣は嫌だろうな。と思いながら笹森さんに視線を向けると、一瞬目が合った。と思ったら笹森さんはふっと視線を逸らし――すぐさまこちらを向いた。つまり二度見。二度目に目が合ったとき、笹森さんの目が驚いたように大きく見開かれていた。

あ、化粧……気づいたのかな。

美香ちゃんが「絶対笹森さんも綺麗な方が好きだと思う」と言ってくれたことを思い出し、ドキドキする。だけど、彼はすぐに私から視線を逸らしてしまった。そんな彼の態度に思いのほか胸が痛んだ。

たしな……似合わなかったのかな……会社には今までと同じ化粧で来るようにって言われて

胸の痛みを紛《まぎ》らわせるようにジョッキを掴《つか》み生ビールを呷《あお》った。

「どうかしました？」

少しテンションが落ちた私に気づいたのか、三上君が私の顔を覗《のぞ》き込む。

「ううん、何も」

内心の落ち込みを隠して、首を横に振った。

「やっぱり笹森さんは女性に人気がありますね」

「そうだね……」

三上君に言われて女性社員が固まって座っている場所に視線を向けると、彼女達はチラチラと笹森さんの様子を窺《うかが》っていた。あの人達も彼のファンなのかと、改めて笹森さんのモテぶりを実感する。

「笹森さんみたいな人なんですか？」

「え？」

虚を突かれてドキリとする。

「横家さんの彼氏ですよ。イケメンで、背が高くて頭も良くて。優しいかどうかはアレですけど、笹森さんみたいじゃないですか？」

「あー、うん……そうだね、似てるかも」

落ち込んでいるときに更にそんなことを言われ、私は適当に返事をした。

「笹森さんみたいな人がライバルなら勝ち目ないなぁ」

勝ち目ってなんの、と思っていたら三上君が私の耳に口を近づけて囁《ささや》く。

「横家さんの彼氏に、自分もなりたかったたって話ですよ」

一瞬キョトンとした。

「冗談……」

「じゃないです」

間近から顔を覗き込まれて、強気の笑みを向けられる。

言われた意味を理解するに従い、私の頭はパニックに陥《おちい》った。

三上君は私の反応を窺うようにこちらをじっと見ている。

ど、どうしよう。こんなとき、なんて言えばいいんだろう。

「ご、ごめんなさい……」

とりあえず私は、三上君に向かって頭を下げた。

「付き合って一週間だったたら、そうなりますよね。自分こそ、困らせてしまってすみません」

ニッコリ微笑まれて、申し訳ないような気持ちになる。だけど、その後の言葉に、私は目を剥《む》いた。

「でも隙があれば付け込みますから、覚えておいてくださいね」

三上君は綺麗な顔を綻《ほころ》ばせて、熱を帯《お》びた瞳で私を射抜く。

この人……こう見えてかなりの肉食⁉

「み、三上君。なんで私？」

気になったので率直に聞いてみた。

「んー、そうですね……横家さん、人当たりがよくて仕事は丁寧だし、誰に対しても同じように接してくれるじゃないですか」

「……そんなの、当たり前のことだけど」

「意外とできないものですよ」

そんなこと、初めて言われたよ。私は、誰に対しても当たり障《さわ》りなく接してただけなのに……それがそんな評価されるなんて、意外だ。

「そういうところが、いいなって思ったんです。それに、この間笹森さんが大笑いしてたでしょ？　笹森さんと何年か仕事してるけど、あんなに笑った笹森さんを見たのは初めてでした。笑わせた横家さん凄いなって単純に思ってしまって」

「……単に私が抜けてるからじゃない？」

「そこがまた、いいんです」

テーブルに頬杖をついた三上君が、優しい表情で見つめてくる。

……どうしよう。なんだかいたたまれないんだけど。

隠すことなく好意をぶつけてくる三上君に、どうしていいか分からない。

「わ、私ちょっと失礼します……」

どうにも耐えられなくなった私は、思わず席を立った。三上君は「行ってらっしゃい」とにこやかに送り出してくれたけど、このまま逃げ出してしまいたい。

今までこんなこと一度だってなかったのに、なんで？　どうしてこんなことが起きているの？

トイレで時間を潰《つぶ》しているうちに少し気持ちが落ち着いてきたけど、あの席に戻るのはなんかいやだなあ……。そう思いつつトイレのドアを開けると、目の前に、壁に凭《もた》れて佇《たたず》む背の高いイケメンがいた。

「笹森さん……」

視線を上げて私と目を合わせた笹森さんは、どこか不機嫌な様子だ。

「あの、どうし……」

「ちょっとこっちこい」

笹森さんに腕を掴《つか》まれ、そのまま店の外に連れ出された。

建物と建物の間の隙間に引っ張り込まれ、笹森さんと至近距離で向き合う。

「あの、笹森さん……？」

口を真一文字にして目を合わせてくれない彼に、私は不安でいっぱいになった。

「……何か変ですよ……どうしたんですか？」

思い切ってそう尋ねると、笹森さんが顔を上げた。その目は、いつもより鋭い。

「……自分で分からない？」

低い声で問われる。

「……はい……」

そう言うや否や、笹森さんは体が密着するほど私との距離を詰め耳元で囁《ささや》いた。

「なんで三上と仲良くしてんの？」

責めるような口調だった。

……えっ、見てたの？

「仲良くなんて。普通に話してただけです……」

「あれはどう見ても口説かれてただろ」

ズバリ言われて口ごもった。

「それに」

笹森さんの手が私の太股に触れた。

「この格好、何？」

「えっ……あの、後輩に借りて……」

「なんでこんな格好してくんの？」

笹森さんの手が、ススと太股を伝いワンピースの中に侵入する。

「やっ、笹森さんっ⁉」

「三上になんて言われた？」

「あ、やっ……」

太股を撫で上げられ、もう少しでショーツに到達しそうな場所に彼の指が触れた。

ここは、正直に言うべきだろうか……

「つ、付き合いたかったって言われて……」

正直に三上君に言われたことを話すと、笹森さんの眉間がピクリと動く。

「……彼氏いるって言ったのか？」

「はい……相手の名前は言ってませんけど」

「で、三上は納得したのか」

「……す、隙があれば付け込むって……」

グッと眉を寄せた笹森さんは舌打ちをすると、私の首筋に唇を押し付けた。

「……絶対に隙、見せんなよ」

「あっ……」

首筋にチクリ、と痛みが走る。笹森さんが私から離れると、至近距離で見つめ合う。

「口紅、落とすぞ」

「えっ……」

身構える間もなく笹森さんに唇を塞《ふさ》がれた。

頬を両手で押さえられ、角度を変えて深く唇を重ねられる。入り込んできた彼の舌が、激しく私の口腔《こうこう》を貪《むさぼ》った。

「んっ……は……」

苦しい……いつもの笹森さんのキスと違う……

私の下唇を食《は》んだ後、唇を離した笹森さんは、はぁはぁと息を乱している私を見下ろし、自分の唇についた口紅を手の甲で拭《ぬぐ》った。

「お前は自分を知らなさすぎるな」

そう言って笹森さんは私の唇に残った口紅を親指でそっと拭うと、私を置いて行ってしまった。

ぽつんと取り残された私は、笹森さんの突然の行動の意味が分からなくて、立ち尽くす。

途方に暮れながら、はぁーと大きくため息をつくと、店の中へ戻った。

「あ、横家さん遅かったですね、何かありました？　これで一旦お開きにして、この後二次会になりますけど」

　三上君が心配そうに問いかけてくれる。さっきまでの笹森さんとのキスのおかげもあって、三上君のことが先ほどより気にならなくなっていた。

「うん、ちょっと気持ち悪くてトイレから出られなかった」

「えっ!!　大丈夫ですか!?」

「だいじょーぶだいじょーぶ。私、荷物取りに行ってくるね」

そう言って荷物の近くに座っていた吉村さんの隣に移動した。

吉村さんは三上君の方に一度視線を送ると苦笑いする。

「……三上君、横家さんが好きなのねぇ」

なんで吉村さんはなんでも知ってるんだろう？　そんな疑問の眼差《まなざ》しで彼女を見る。

「見れば分かるわよ。今だってチラチラ横家さんを見てるわよ？」

そう言われて、困惑して項垂《うなだ》れる。

「……なんで私なのか、よく分かりません」

「私に言わせれば、三上君は見る目あると思うわよ？」

意味が分からず吉村さんに再び疑問の眼差しを送るが、意味深な笑顔でかわされてしまった。

それからすぐにこの店での宴会はお開きになり、全員が外に出る。

「しっかし横家さん化粧映えするわね～。目元もくっきり二重だからアイメイクすると目が更に大きくなるし、脚だって適度に筋肉ついてて真っ直ぐじゃない？　もっと出した方がいいわよ！」

「……冬は寒いから脚出すの嫌です……」

チラリと笹森さんに視線を送ると、女性達に囲まれていた。

――ここにいても三上君の視線が痛いし、笹森さんとは話せないし……帰ろうかな。

みんな盛り上がってるから、もう私は帰っちゃっても大丈夫だよね。

私帰りますと吉村さんに耳打ちすると、少し驚いたように彼女の目が見開かれた。

「えっ、帰っちゃうの？　これから二次会に行くって言ってるのに」

「うーん。お腹一杯食べましたし、満足です。それじゃお先です」

吉村さんに向かって笑ってみせて、課長にも挨拶《あいさつ》をしてみんなと反対方向へ歩き出した。

「横家さん！」

すると、慌《あわ》てた様子の三上君が追ってくる。

来なくていいのに……と内心ゲンナリしつつ、三上君と向き合った。

「三上君、今日はありがとね。ここ、いい店だったよ。食事は美味《おい》しいし、お洒落《しゃれ》だしトイレも綺麗だし。また来たいな」

「今度、誘います」

間髪《かんはつ》を容《い》れず、真面目な顔で言われて一瞬固まってしまった。

「あ、いや……でも……」

「彼氏がいる、ですよね？」

ウンウン、と大きく頷《うなず》いたけど、通じているのかいないのか、三上君は斜め上に視線を向けて話し始めた。

「自分はあまりそういったことは気にならないっていうか……」

「いや、気にしようよ！」

「あ、もちろん無理矢理奪うとか、ストーカーとかはしませんよ。ただ、好きでいることは止めないってことです」

こ、これは……どうしたらいいんだろう……恋愛スキルの低い私には分からないよ。

この状況にタラタラと汗が噴き出しているような、いないような……

とりあえず、逃げよう。

「じゃ、お疲れ様。私はこれで」

そう言って、三上君の顔を見ずに歩き出した。

「え、ちょっ……横家さん！」

焦った声と共に腕を掴《つか》まれる。まさかそんなことされるとは思ってなかったので、心臓が止まりそうなほど驚いた。

「み、三上君離してくれるかな」

内心ビクビクしながら掴《つか》まれている腕を離そうとするけど、びくともしない。

えー離れないよぉぉ〜。

完全に腰が引けている私に気づいているのか、三上君はわしゃわしゃと自分の頭を掻きむしると、ぼつりと呟《つぶや》いた。

「……家まで送ります」

いやいやいやいや、あなた幹事でしょうが！

ていうかむしろ一人にしてほしいし!!

心底困り果てた私は、お願いだからほんと勘弁して、という気持ちを込めて三上君に向き直った。

そのとき。

「三上」

低く通る声が三上君の名を呼んだ。声のした方を見た私は、安堵《あんど》のあまり肩の力が抜ける。

「お前幹事だろ。みんな待ってるぞ」

コートを着てビジネスバッグを持った笹森さんが、三上君に厳しい眼差《まなざ》しを向けながらこちらへ歩いてくる。

「あっ、笹森さんもうお帰りですか？」

「飲むものは飲んだし、食うものも食ったからな。課長がお前のこと探してたぞ。早く戻れ」

「……分かりました」

三上君が私の腕を離すと、ペコリと一礼した。

「じゃあ横家さん、また」

「……おやすみなさい」

三上君は私に一度視線を送ると、来た道を走って行った。

その後ろ姿が完全に見えなくなるまで見届け、クルリと振り返って笹森さんと向き合う。

「ささもりさぁあああんっ!!」

「おわっ!?」

私は、思わず笹森さんに飛び付いた。勢いがよすぎて若干笹森さんが後方によろけるが、構わず私は彼の胸に顔を埋《うず》める。

「肉食男子怖かったよぉぉぉ」

「……そうか」

笹森さんの手が私の頭を撫でる。

「そんな格好して来るからだ、馬鹿」

……笹森さんの顔は見えないけど、声がもの凄く優しかったので、怒っているわけではなさそうだった。

「……美香ちゃんが、こういう格好の方がきっと笹森さんも喜ぶからって……」

「美香ちゃん？」

「あ、後輩です。お付き合いのことは話してないんですけど、何故か美香ちゃんは私と笹森さんが付き合えばいいって思ってて、歓迎会に笹森さんが来るなら可愛くしろって言われたんです。きっと笹森さんもこういう格好が好きなはずだからって……」

「……てことは、この格好は俺のため？」

「……はい」

私の説明を聞いた笹森さんは、眉間に軽く皺《しわ》を寄せたまま黙り込んだ。

やっぱり気に入らなかったのかな……

「バカタレ」

「そんなっ！」

「そういうのは俺と二人のときにしろ」

「……え」

驚いて笹森さんを見上げたら、声以上に優しい笑顔で私を見下ろしていた。

「似合ってる」

……そう言ってもらえて、安堵《あんど》なのか喜びなのか分からないけど、じわりと目に涙が浮かんだ。

笹森さんの大きな手が私の背中に回り、ぎゅうっと抱き締められる。

「お前バカだよな。男に慣れてないくせに男煽《あお》るんだから」

私の首の辺りに顔を埋めて笹森さんが囁《ささや》いた。

「……すみませんでした……」

もうこれは誤魔化《ごまか》しようがないな。この人にこんな感情を抱くなんて最初は考えられなかったけど、どう考えても間違いない。

――私、笹森さんが大好きだあー……

私は笹森さんのコートの胸の辺りをぎゅっと掴《つか》んで顔を寄せると、彼の匂《にお》いに酔いしれた。

三月でもやはり夜は冷える。しかも今は生足ミニスカート。

本来なら途中でジャージのズボンを買うところだけど、今夜はそんな気にならない。

何故なら、私の隣には笹森さんがいて、私と手を繋《つな》ぎながら歩いているから。

さっき笹森さんが好きだと自覚したからか、隣に笹森さんがいるせいなのか、いつもより寒くない。笹森さんの手の温もりが私の手を伝い、全身まで温めてくれるような、そんな不思議な感覚を抱く。

彼はアパートの前まで来ると、私の方に向き直った。そしてふと、私の下半身に視線を落とす。

「しかしお前、いい脚してるな」

「……やめてください」

まじまじ見て何言ってんですか……

改めて言われると恥ずかしくなってきて、脚を擦《こす》り合わせる。

「真っ直ぐだし、肉付きもほどよいし」

「……同じことを吉村さんにも言われました」

「この脚は危険だぞ」

「えっ、どうしてですか？」

「うちの会社には脚フェチが多いからだ」

そんな真面目な顔でうちの会社の裏事情みたいなのを暴露されても困るんですけど……

「だから、短いスカートは穿《は》いてくるな。いいな？」

「ひ、膝丈ならいいですか？　じゃないと会社に着ていく服が減っちゃう」

「……ギリギリ、オッケーかな」

少しホッとして笹森さんを見上げると、彼の表情がいつもより優しくて、ドキッとした。

「……金曜の夜、俺んち来ないか？」

「えっ」

「泊まりで」

続けられたその言葉に、更に鼓動が跳ねる。

「……は……はいっ……」

「そういやお前、メシ作れるの？」

「…………え」

思わず低い声が出た。今までの高揚した気分が一気に下がる。

「……実は私、実家を出てからほとんどまともに料理してません……」

ちょっと言いづらくて、笹森さんから視線を逸《そ》らしてボソッと呟《つぶや》く。すると、そんな気はしてた、と笹森さんが天を仰いだ。

「む、昔はやってたんですよ。うち両親共働きだし、お腹すいたら冷蔵庫にあるものだけでちゃちゃっと……」

身振り手振りで必死に弁解するけど、笹森さんはそんな私を見ても表情を変えない。

「で、今は？」

「……近所にとっても美味《おい》しいお総菜屋さんとか、お弁当屋さんとか、コンビニとか……」

笹森さんが「ああ……」と納得顔で頷《うなず》くが、すぐに悪戯《いたずら》っ子みたいに、何か企《たくら》んでいるような笑みを浮かべた。

「よし、じゃ指令だ。金曜日は、なんでもいいから飯を作って俺の帰りを待て。いいな？」

「ええええ～～～!!」

「和、洋、中なんでもいい。ただし、買ってきたものはナシだ」

「そんなぁ……」

笹森さんからの指令に、がっくり項垂《うなだ》れた。

「花嫁修業の一環だと思え」

えっ⁉　花嫁？　今花嫁修業って言った⁉

驚いて笹森さんの顔を凝視したけど、彼は、ん？　と首を傾《かし》げるだけだ。

こりゃ深い意味はなさそうだな……

「楽しみにしてるから」

「……はい」

花嫁のくだりはスルーされたが、笹森さんに楽しみにしてるなんて言われたら、もうやるしかない。

「……とりあえずこれ渡しておくから、適当に材料買ってきて」

笹森さんは財布から万札を取り出すと、私に差し出した。私は慌《あわ》てて両手を振り、受け取りを拒否する。

「いいですよ、これぐらい払いますよ」

「いいから。失敗するの見越して多めに材料買っとけ」

「失敗すると思ってるんですか⁉　さすがに失礼ですよ」

口を尖《とが》らせた私を見てクスッと笑った笹森さんは、私のコートのポケットに半分に折り畳んだ万札をするっと滑り込ませた。

「そうか。なら期待するとしよう。じゃ、おやすみ」

私の頭にポンッと手を置くと一撫《ひとな》でし、爽《さわ》やかな微笑みを残して笹森さんは帰って行った。彼が見えなくなるまでその場に立ち尽くすと、アパートの外付け階段をゆっくり上る。

「久しぶりにがんばるかぁ……」

まずはレシピを見ることから始めるかな……

そんなことを考えつつ家に戻り、お風呂に入った後、歯磨きをしながら洗面台の鏡を見ていたら首に赤いアザを発見した。

そこで、さっき笹森さんに首筋に吸い付かれたことを思い出す。

こ、これは……いわゆるキスマーク的な……!?

一人で赤くなって、悶絶した……


「せんぱーーいっ!!」

翌朝出勤すると、遠くから私を見つけた美香ちゃんが勢いよく駆け寄ってきた。

「美香ちゃん、昨日はありがと。服は今日クリーニングに出すから返却は来週に……」

「んなことはどーでもいいんですよ!! どうでした? 服装褒《ほ》められませんでしたか?」

――うーん……

ここまで熱心に聞かれると、付き合ってることは言えないけども、まるっきり嘘をつくのもなんだか心苦しい。美香ちゃんならぺらぺらと人に話したりはしないよね……

「美香ちゃん……絶対口外しないって誓える?」

「は……はいっ! 誓います!!」

「笹森さんに褒めてもらえたよ、あの格好」

「……え!! ほ、ほんとに……?」

美香ちゃんは相当驚いた様子で、ガッ!!　と私の胸ぐらを掴《つか》んできた。

「み、美香ちゃん……苦しい……」

興奮気味の彼女に訴えると、パッと手を離してくれる。

「凄い……やりましたね先輩!!」

そう言ってぱあーっと笑顔になった。

「う、うん。美香ちゃんありがとね……」

ついでに肉食男子一人ひっかけちゃったみたいなんだけどね……

「次はどうやって笹森さんの気を引きましょうか？」

「いやいやいや、美香ちゃん、とりあえずここで一旦止めよう。あんまり攻めすぎるのもどうかと思うんだ……」

笹森さんにも釘を刺されたし、慌《あわ》てて私は美香ちゃんを制した。

「……そうですか？　私的にはどんどん攻めたい気分なんですが」

彼女は少々不満げな様子で、私は思わず苦笑する。

美香ちゃんには悪いけどしばらく大人しくしていたいのよ、私。

「じゃあ、そのうちまた、いろいろ相談させてくれる？」

私の力だけでは厳しいところもあるので、素直に頭を下げる。

「もちろんです！」

すると美香ちゃんは、そう言ってニッコリ笑ってくれた。

美香ちゃんと別れた私は、営業部のあるフロアに向かう。

足が重い……何が嫌って、三上君だよ……昨日の今日だし、どんな顔で会えばいいんだろう。

「おはようございます……」

フロアに入り、ため息をつきながら自分のデスクにつく。

「横家さん」

すると、すぐに細身のスーツを着こなした背の高い三上君が近づいてきた。

「み、三上君、おはよう。昨日はお疲れ様」

無理矢理笑顔を作り、至極平静を装《よそお》って挨拶《あいさつ》する。

「横家さんこそ、昨日はお疲れ様でした。あの後、一人で帰ったんですか？」

「……うん」

「すみませんでした、送れなくて」

「大丈夫、気にしないで」

むしろ送らないでくれてよかったよ。笹森さんに送ってもらえたし。

「ところで、会社の側《そば》に美味《おい》しいパスタのお店があるんです。今日の昼とか、一緒にどうですか？」

「へっ？」

突然のお誘いに声が裏返った。

「や、あの……だから私……」

「彼氏って、この会社の人ですか？」

「……ち、違います、が……」

三上君からの質問攻撃に、返事もたどたどしくなってしまう。

「じゃあ見られて誤解されることはないですね。ただの同僚との食事なんですから、横家さんは何も気にすることないですよ」

三上君は美しい笑顔を私に向けてきた。だけど私は、彼がその外見に反した肉食男子だと知っている。一体どうやって断ろうかと、視線を泳がせていると三上君が噴き出した。

「ぶっ。横家さん警戒しすぎです」

「するでしょうがっ!!」

三上君への対応に困り果てる私。

「とにかく。お食事は無理です。誘うなら他の方を誘ってください」

「つれないですね……ま、そんなところも横家さんの魅力ではあるのですが」

三上君はダメージを受けた様子はなく、平然としている。この人のメンタルの強さ、見習いたい……

「も、もう仕事始めていいかな？」

「失礼しました。ではまた改めて」

こんなのが毎日続いたらキツいなぁ……

視線を少し上げると、こちらを見ていた笹森さんと目が合った。

笹森さんの口が何やらパクパク動いている。

（ば・か）

解読した途端、がっくり項垂《うなだ》れた……

五　笹森家へ

痛いくらいの三上君の視線に耐え、何とか本日の業務終了。

今日は早く帰って、やらなきゃいけないことがたくさんありますので。

そそくさと帰り支度をして、挨拶《あいさつ》をしてフロアから脱出した。三上君も、私が帰ったことにはまだ気がついていないだろう。

そう、今日の私の予定はズバリ料理。

明日のため、笹森さんに作る夕飯の献立《こんだて》を決めなければならないのだ。

会社帰りに美香ちゃんに借りた服をクリーニングに出し、その後書店に寄った。料理本が積まれたコーナーへ直行しレシピ本を読み漁《あさ》る。

さて、何作ろう……

私は決して不器用とか、味音痴《あじおんち》とか、そういった理由で料理をしないわけではない。

むしろ人並みにはできる方だと思っている。

実家にいたときは親が忙しかったし、必然的にやらなきゃいけない状況だったから毎日のように料理をしていた。でも、一人暮らしを始めて便利な都会に住み始めたら、楽することを覚えちゃったんだよね……

散々レシピ本を物色した結果、比較的簡単な家庭料理の本を買って家に戻った。

着替えたり、洗濯物をたたんだりしてから、この前実家から送られてきた段ボールの中を覗《のぞ》く。米、味噌、小麦粉、芋……。芋はサツマイモとジャガイモ。明日使えそうなのは芋くらいか。

炬燵《こたつ》に入って買ってきた料理の本をパラパラとめくりながら、明日のメニューを考える。

――昔よく作ってたといえば、やっぱり和食かな。豚カツとか美味《おい》しそうだし。でも初めて行く場所で揚げ物するのはちょっとな……。あ、パスタとかどうだろう。トマトソースとか、クリームソースもいいよね。私は明太子が好きだけど……ってこれじゃ私の好きなものだな。

笹森さんって何が好きなんだろう？　フカヒレが好きなのは知ってるけど、出張のときは和食だったよね。もっと事前にリサーチしとけばよかったな、笹森さんの好きなもの……

こんなことを考えてる自分に照れて、段々体が熱くなってきた。

そういえば笹森さんちって、どこだっけ？

休憩がてら笹森さんにもらった住所が書かれたメモを取り出し、ネットで場所を検索してみる。

なんか、表示された地図上の面積がデカい……ってことは、マンションがデカいってこと？

ついでに周辺のスーパーも検索する。近くにそこそこ大きなスーパーがあり、そこで材料が揃いそうだ。

献立《こんだて》を決めて買い物リストを作り、簡単に泊まりの用意をする。

お泊まりか……

思えばあの出張の夜、酔った勢いで笹森さんに処女をもらってもらおうとしたのがお付き合いするきっかけだったんだよなあ……

あのときは、一生処女でいるのが嫌で、笹森さんの提案に乗っかった形だったけど、今は違う。

彼のことが好きで、そのことをしっかり自覚したうえで彼に抱かれたいと心から望んでいる。

そうはいっても考えただけでドキドキしてくる。

あの出張のときだって恥ずかしさマックスだったんだけど。

……明日、お酒買って行こう……

翌朝、少し早目に家を出た私は、駅のコインロッカーにお泊まりグッズを入れた。

会社に向かいながら、頭の中でスケジュールを確認する。今日は定時で上がってスーパー行って笹森さんの家に行って、ご飯を作って彼を待つ！

うわ～、彼女みたい～！

夜のことを考えたらドキドキが半端ないけど、まずは料理のことだけ考えよう。

「おはようございまーす……」

「横家さんおはよう～」

吉村さんがにこやかに近寄ってくる。

「あら？　今日の横家さん、ちょっとおめかししてる？」

「えっ⁉　そんなことないですよ？」

「いやいや、いつもより髪がしっかりセットしてあるし、服の色も明るいような気が」

吉村さん鋭い。確かに今日の私は、髪をしっかりブローして、普段あんまり会社に着てこないような明るい色合いの服を選んでいた。

「おはようございます」

そのとき、三上君が気配を消していきなり背後に現れたので、私も吉村さんもビクッ‼　とする。

「驚いた～！　三上君、あなた隠密《おんみつ》になれるわ～」

「情報収集に長《た》けてる吉村さんもなれるんじゃないですか？」

三上君がニヤリと口角を上げた。そんな三上君を見て、つい逃げたくなってしまう私は、もはや三上君恐怖症だ……

「横家さん、おはようございます」

三上君は、綺麗な笑みを浮かべて私にもう一度挨拶《あいさつ》してくる。

「おはよう……」

「横家さん、今日のお昼はどうですか？」

「え」

自然と眉間に皺《しわ》が寄ってしまう。

「ぬっ⁉」

耳ざとく聞きつけた吉村さんが、会話に入ってくる。

「なに？　三上君、横家さんお誘いしてるの？」

「そうなんです。でもなかなかオッケーがもらえなくて」

「……ひょっとして、行くまで誘い続ける気？」

まさかと思って、三上君を見上げると、綺麗な顔で頷《うなず》かれた。

「はい。自分の今の夢は横家さんとのランチですから」

そんなふうに言われても困るんだけど……あ、そうだ！

「吉村さんと一緒ならいいですよ」

二人きりは困るけど、三人なら大丈夫かも……

「ほんとですか？」

三上君の顔がぱあああと輝き、「予約しておきます！」と席へ戻って行った。

その後ろ姿を見ながら、私の横にいた吉村さんが無言で私の脇を肘で突《つつ》く。

「ちょっと……横家さん、私を道連れにしたわね」

「すみません。でも助けてください」

「最近の横家さん、モテ期がきた～って感じねぇ」

吉村さんが感心するように、横目で私をちらりと見る。

「……やめてくださいよ。本当に困ってるんですから」

「あら、三上君モテるのよ～！　そんな三上君に好かれるなんて凄いじゃない！」

「凄くなくていいです……」

とりあえず、一度お昼に行けば諦めてくれるかな……？

昼休みになるとすぐ、私のもとにやってきた三上君と吉村さんと一緒に、会社からほど近いビルにあるイタリア料理店に来た。

歓迎会に利用した店も良かったけど、この店も大きくはないが白を基調にしたインテリアが清潔感あって、女性が好みそうな雰囲気だ。

三上君のお薦めのボンゴレビアンコ、アマトリチャーナ、カルボナーラを注文して三人でシェアした。

こ、これは……

「美味《おい》しいっ!!」

ボンゴレビアンコは魚介のダシがきいてるし、アマトリチャーナはトマトソースとチーズの味わいが絶妙。カルボナーラもしつこすぎず、癖になりそうな味だった。

よかった、と三上君が安心したように微笑んだ。

「ほんと美味しいわぁ。三上君よく来るの？」

吉村さんが嬉しそうにウンウン頷《うなず》きながら、尋ねる。

「以前友人に誘われて一度だけ。美味しかったので、横家さんに教えてあげたかったんです」

三上君が上品な所作でパスタを口に運びながらそんなことを言うもんだから、思わず食べていたパスタをゴフッと喉《のど》に詰まらせた。

「三上君……すっかり横家さんに御執心《ごしゅうしん》なのね……」

「はい、そりゃあもう」

感心したように言う吉村さんに、三上君は満面の笑みで答える。

「やめてください……もう、三上君もあまりそういうこと人に言わないでよ」

水を飲んでパスタを流し込んでから、咎《とが》めるように三上君を睨《にら》んだ。彼は、そんな私の態度を全く気にせず覗《のぞ》き込んできた。

「恥ずかしいんですか?」

「恥ずかしいよ‼」

とつい声を荒らげてしまった。

「まあまあ、いいじゃない。女の子は好きって言ってもらえるうちが花よ?」

吉村さんがニコニコしながらそんなふうに言ってくれるけど、三上君は押しが強すぎて、男性に慣れてない私にはキツイのだ。

「だって、三上君こっちに構わずグイグイ来るから……」

「あ、すみません。しつこかったですか?」

「早く気づけっ‼」

あ、いかん……だんだん三上君に対する態度が乱暴になってきちゃった。言いすぎたかな……と三上君を窺《うかが》うと、彼は突然噴き出し、「アハハハ」と笑い出した。

「横家さん面白すぎですよ!」

「あら、今ごろ気づいたの?　横家さんの面白さ」

「もう……勘弁してください……」

吉村さんがいてくれたおかげで、ランチはそこそこ盛り上がった。更にランチのお支払いは、なんと三上君がしてくれた。

ご馳走《ちそう》さまと頭を下げると、三上君はとても嬉しそうな顔をする。

「いえ、どういたしまして。また誘いますね」

「……吉村さんも一緒なら」

ちょっと警戒してこう言うと、それでもいいと言う。この人の思考はよく分からないなぁ。

「三上君は、彼女いないの？」

吉村さんがズバリと聞く。

「いませんね。大学時代の彼女と社会人一年目に別れてからは、ずっと一人です」

店を出て、三人で会社に向かって歩き始めると、三上君と吉村さんが話し始めた。

「へぇ、三上君モテるのに。なんで彼女作らなかったの？」

「仕事忙しかったですし、前の彼女と別れるときちょっと大変だったので、しばらくは一人でいたかったんです」

ふぅん。三上君もいろいろあったんだ。

二人の話を聞きながらぼんやり歩いていたら、三上君がくるりとこちらを向いた。

「横家さんは？」

「へ」

急に話を振られ、横にいる三上君を見上げた。

「この会社で好きな人、いました？」

「あー……」

そういえばいたな。笹森さんとのことがあってからはすっかり忘れてた。川島さん——異動してからはなかなか会わないけどお元気かしら。

「昔はいたな。今はもうなんとも思ってないよ」

「えっ、横家さん好きな人いたのぉ？」

「そりゃあ、私にも好きな人くらいいますよ。でももう完全に吹っ切れてますから」

「そうですよね、今は彼氏いますもんね」

何気なく三上君が呟《つぶや》いた言葉に、私はぎょっとした。

しまった!!　口止めしとくの忘れてた〜〜!!

慌《あわ》てて吉村さんの顔を見ると、目を丸くしている。

「……横家さん、彼氏って……？」

「いやっ、あ、あのですね……」

動揺して、説明しようにも言葉が出てこない。

「……あ、もしかして自分、やっちゃいました？」

三上君が私と吉村さんの顔を交互に見て、ばつの悪そうな顔をした。私は天を仰ぐと、乾いた笑みを浮かべて誤魔化《ごまか》そうとする。

「ちょ、ちょっと横家さん!!　誰なの彼氏って!!」

「いやあの、えっと……」

興奮した吉村さんが、詰め寄ってきた。彼女の剣幕《けんまく》に私も隣にいる三上君も若干引き気味だ。

「よ、吉村さんちょっと落ち着いてください！　……悪いけど、三上君は先に会社戻ってて！」

三上君と別れ、吉村さんを路上の人があまりいない場所まで引っ張って行く。

もう吉村さんに黙っているのは限界だ。

それに吉村さんはなんとなく勘づいているような気がした。

「言います！　言いますから！」

「お付き合いの相手は、笹森さんです」

すると吉村さんの目が大きく見開かれた。

「え……本当に⁉　……や、やったあああ!!」

小躍《こおど》りしそうな勢いで、吉村さんが歓喜の雄叫《おたけ》びを上げる。

「よくやったわ横家さん!!」

「はい……でも、お付き合いのことは社内では秘密ですよ！　絶対に！」

「分かってる、分かってるわ！　任せて！」

吉村さんが心から喜んでいるのが分かって、こっちまでほっこりした気分になった。

今日の笹森さんは忙しくほとんど社内にいなかった。

定時を迎え、メールでこれから向かいます、と連絡を入れて部署を出る。すると、間を空けずメールの着信音がしたので、すかさずチェック。笹森さんだ。

【よろしく。食後のデザートは買っていく】

デッ、デザート……!!　笹森さんがデザートだなんてっ！

そんなたわいないやり取りに無性に照れてしまった。

会社を出て、駅のコインロッカーから荷物を出し、笹森さん家の最寄り駅へ向かう。

これから待っている出来事にドキドキしながら、電車に揺られること数十分。緊張気味に駅に降り立つと、初めて見る景色にキョロキョロと辺りを見回した。

――この街に住んでるんだ、笹森さん。

今まで降りたことのないこの駅は小さいけど、近くに大学や大企業があるせいか乗降客も多くなかなか活気がある。

笹森さんが住んでいる街。それだけでもテンションが上がる。

駅を出てすぐの商店街を興味深く眺めながら、笹森さんも会社帰りにここで買い物してるのかな、なんて勝手に想像して、その街を歩いていることが嬉しくてたまらなかった。

スマホのナビで笹森さんの家を目指して歩いていると、進行方向にタワーマンションや低層マンションが見えてくる。

もしかして、あれかな……？

そのまま進んでいくと、ナビは間違いなくそのマンション群の一棟を指していた。

さ、笹森さん……!!　なんてとこに住んでんのよ!!

笹森さんの家は、高層のタワーと低層の棟からなる大きなマンション群の中の低層マンションだった。

その一角は都心だと思えないくらい緑に溢《あふ》れた落ち着いた空間だった。敷地内にはクリニックやカフェなどもあり、かなり便利そうだ。

感心しながら歩いて行くと、マンションの駐車場が目に入る。そこに停まっている車は高級車ばかりで、庶民の私は一気に緊張感が増してしまった。

恐る恐るマンションのエントランスに入ると、自動ドアの前にテンキーが設置されている。一瞬悩んだが、そこにあった鍵穴に渡されていた鍵を差し込むと、自動ドアが開いた。

おおお……

ドアの先に進むと、またしても自動ドア。また鍵を差し込むと、開く。

すごぉおい……こんなセキュリティのしっかりしたマンションは初めてで感動……

エレベーターに乗り込み十階まで行き、笹森さんの部屋を探す。１００５が笹森さんの部屋だ。鍵を差し込み、ゆっくりとドアを開けた。

「お邪魔します……」

男の人の独り暮らしの部屋に入るのは人生初だ。

「わぁ……」

真っ先に飛び込んできたのは、靴が床に置かれていないスッキリした玄関。

マンション自体が割と新しいから全てがピカピカしている。

白が基調の部屋は清潔感たっぷりだった。入ってすぐのリビングは広く、お洒落《しゃれ》な黒いソファーとテーブルが置いてある。全体的に物が少なく、すっきり片づけられた部屋はとっても綺麗！　私の部屋とは大違いだ。

あまりに笹森さんらしい部屋に言葉もなく見惚《みと》れていた私は、そこでハッとした。

いけない、夕飯作らないと！

私はエコバッグに財布を突っ込むと、夕飯の買い出しに向かった。スマホの地図を手に、あらかじめ調べておいたスーパーに行き、メモに従い手早く買い物を済ませる。

再び笹森家に戻った私は、材料を並べてよし、やるか！　と気合を入れた。

いろいろ悩んだ結果、今日の献立《こんだて》はベタな和食にした。

鯖《さば》の味噌煮、ジャガイモと玉葱《たまねぎ》の味噌汁、ほうれん草の胡麻和《ごまあ》え、ゴボウとニンジンのきんぴら。

両親が和食好きで、昔よく作ったんだよね。なんか高校時代を思い出すなぁ。

久しぶりの料理にドキドキするが、やりだすとすぐに感覚が戻ってきた。

まずは鯖の味噌煮の煮汁を作る。それが煮立ったら鯖を、皮を上にして中に入れ、鯖に煮汁をかけ表面を固める。そして薄切りにした生姜《しょうが》を入れて落とし蓋《ぶた》をしたら、弱火でしばらく煮る。

うん、いい匂《にお》いがしてきた。

笹森さんの味の好みがよく分からないから、気持ち濃い目の味付けにする。

鯖を煮ている間にきんぴらと胡麻和えを仕上げ、味噌汁は笹森さんが帰ってきてから火にかけよう、と思って時計を見ると時刻は二十時近い。

ご飯も炊けたし、そろそろテーブルセッティング……と思ってカトラリーが入っていそうなキッチンの引き出しを開ける。

あ、違った。ダイレクトメールが入れてあった。

その一番上には目を引く一枚の写真付き葉書。いけない、と思いつつ手に取ると、それは結婚報告の葉書だった。笑顔の新郎新婦がチャペルの前で二人並んでいる写真を見て、つい笑顔になってしまう。

花嫁さん綺麗だな。

いいなぁ、いつか私もこんなウエディングドレス着たい……

と思って自分の結婚式で隣に笹森さんが立っている図を勝手に想像し一人真っ赤になる。

な、何やってんだ自分！　まだ早い、早いよ！

焦って葉書をしまったところで、玄関からドアの開く音が聞こえた。

帰ってきた！

急いで玄関に向かうと、ちょうど靴を脱いでいる笹森さんがいた。

「お、お帰りなさい。お邪魔してます」

「ただいま。はいこれ食後のデザート」

差し出されたのはケーキの箱。

「うわぁ……食後にケーキなんて久しぶり……」

私の言葉に、笹森さんがクスリと笑った。

「お前、旨《うま》そうな食べ物を前にすると可愛いな」

「へっ……」

可愛い、という言葉にドキッとして、笹森さんを見たまま固まってしまった。

「さて、夕飯はちゃんと作れたか？」

と言って笹森さんが私の顔を覗《のぞ》き込んでくる。

「あ、はい。作り始めたら意外とできちゃいました」

「ふうん。楽しみだな」

リビングに歩いて行きながら、笹森さんがジャケットを脱ぐ。そして、ネクタイを外しワイシャツのボタンを外していくので、慌《あわ》ててストップをかけた。

「笹森さん、目の前で脱がないでくださいよっ」

笹森さんから目を逸《そ》らしつつ文句を言った。

「……何を今さら」

「そ、それでも、一応……」

ハイハイと言いながら笹森さんが寝室に行ったのを確認し、キッチンに戻り食事の準備を続けた。

こうしていると、なんだか新婚夫婦みたいだ。

新婚……わ、私と笹森さんが⁉　や、やだぁ、照れる‼

……って私、一人で何興奮してんだか。

キッチンに戻って料理をしていたら、すぐに黒いTシャツとグレーのジャージを穿《は》いて笹森さんが現れた。そしてキッチンに立つ私の後ろに立ち、鍋の中を覗き込む。

「おお、ちゃんとできてる……」

やればできるんです！　とちょっと自慢げに言ったら、笹森さんの手が私の腰に添えられた。

ビクッとして思わず後ろを振り返る。

「さ、笹森さん、どこ触ってるんですか！」

「腰？」

「何故今触るのですか……」

「なんとなく？」

楽しそうにそう言った笹森さんの手が、腰から私のお腹に回された。

「彼女がご飯作ってる姿ってのは、いいな」

そして彼の手は、スススと胸の方に上がってきた。その動きにドキッとして、お玉を持つ手が揺れる。

「わあ、ちょっと！　今は勘弁してくださいよ！」

「料理終わったら触ってもいいわけ？」

な、なんだそれ……

「え、えと……まぁいいといえばいいかな……」

「分かった。じゃ、飯食ってから」

私の返事に納得したのか、気持ちいいくらいあっさりと笹森さんの手は離れていった。

「もっ、もー……わけ分かんないし。さっさと食事にしましょう」

笹森さんにも手伝ってもらいテーブルに食事をセッティングしていく。そして、揃ったところで、いただきますの掛け声と共に食べ始めた。

彼が私の作った料理を口に運ぶのをじっと見つめる。

一応味見はしたけど、美味《おい》しくなかったらどうしよう……

「……うん、旨《うま》い」

鯖《さば》の味噌煮を一口食べた笹森さんの顔が綻《ほころ》んだ。

「よ、よかった……!!」

ほっとして胸を撫で下ろす。

「鯖の味噌煮なんて久しぶりだ。味付けも俺好みだし。これくらいの濃さが米に合うんだよな」

と言って笹森さんはぱくぱくご飯を口に運んだ。

「安心しました……」

私も一口食べてみる。うん、大丈夫、ちゃんとできてる。嬉しくて、つい顔が緩《ゆる》む。

「これからは、この鯖味噌がいつでも食べられるんだな」

「事前に準備が必要ですけどね」

「お前もな」

「え？」

「ここに来たってことは、今夜俺に美味《おい》しく食べられる覚悟ができたってことだろ？」

笹森さんが顔を上げて、ニヤリと笑う。

「っ!!」

そっ、そうだけどっ!!

途端に恥ずかしくなって目を逸《そ》らす。

「……最近お前、三上と仲良いからさ」

「え、三上君ですか？」

なんでここで三上君の名前が出るのだろう？

私がキョトンと首を傾《かし》げると、笹森さんは苦笑しながらきんぴらを摘《つ》まんだ。

「分からないならいいんだけど。俺達こうなった経緯があんなんだし、どうせなら、ちゃんと納得いったうえでそうなりたいっていうか……」

「納得いってます！」

私の声に驚いて笹森さんが顔を上げた。

「わ……私、ちゃんと納得したうえでここに来てます。だから笹森さんは何も心配しなくて大丈夫ですっ」

笹森さんの目を見てはっきり言った。すると彼は私の言葉に少し驚いていたようだったが、フッと表情を綻《ほころ》ばせ「そうか」と呟《つぶや》いた。

そんなこと気にしててくれたんだ……

でも、そんなの杞憂《きゆう》ですよ笹森さん。

だって私、笹森さんのこと、大好きですから！

食事を終え、笹森さんが買ってきてくれたケーキの箱を開ける。

「わぁっ、イチゴのタルト！　しかもホールだ！」

「二つって買いづらいだろ。そうしたら、たまたまホールがあったからさ」

「ホールケーキなんて、私一人暮らし始めてからお目にかかってません～！」

感動する私を見て、笹森さんは「喜びすぎだ」と声を出して笑った。

だって、笹森さんが私と食べることを想定して、このケーキを買っていることを想像するだけで嬉しくてたまらない。

包丁で切り分けて皿にのせた。これ私一人だったら皿にのせずそのまま食べちゃうかも。

紅茶を淹《い》れて、ケーキと一緒にダイニングテーブルに運び、一口、パクリ。

んっ！　イチゴの酸味とカスタードクリームの調和が絶妙！　タルト生地《きじ》もしっとりしてるし、美味しいっ。

「これ、滅茶苦茶美味《めちゃくちゃおい》しい！」

思わず地団駄《じだんだ》を踏みそうになるくらい美味しくて、悶絶する。

「あ、旨《うま》いな」

同じく笹森さんも美味しそうに食べる。

「家でケーキ食うの久しぶりだなー」

「私もこんな美味しいケーキ食べるのいつぶりだろう……」

クリスマスですら面倒でコンビニスイーツで済ませてたからな……

でも……笹森さんと一緒にいるだけで、こんな何気ないことが凄く幸せ……

デザートを美味しくいただいた後、二人で後片づけを始めた。お皿を洗いながら刻一刻と迫《せま》る夜に少しずつ緊張し始める。

「風呂入れるから、お前先入る？」

笹森さんがキッチンの壁にある給湯器のスイッチを押した。

「私、後でもいいですよ」

少しでも時間稼ぎ。

「一緒に入——」

「入りません」

笹森さんの提案を被せぎみに拒否する。

「隅々《すみずみ》まで洗ってやるのに……」

そう呟《つぶや》きながら笹森さんはリビングを出ていった。なんてことを言うんだ。恥ずかしいなぁ、もう。

笹森さんが出てくる前に、バスルームに持ち込む部屋着やら化粧品やらを纏《まと》めておく。

さすがにあの汚いよれよれジャージは持って来られないので、ウエストゴムのショートパンツと長めのTシャツにした。

ブラジャーはどうしよう……

一応寝るとき用のブラは持ってきたけど、これってあんまり可愛くないんだよね。

やっぱり初めてのときは、可愛いブラジャーをつけとくべき?

下着を前に真剣に悩んでいたら、背後から近づく笹森さんに気がつかなかった。

「何悩んでんだ」

「わあああ!!」

いつの間にかバスルームから出てきた笹森さんが私の荷物を覗《のぞ》き込んでいる。

「下着で悩んでんの?」

「ブッ、ブラ……どうしようかなって……」

「つけなくていいけど」

さらりと言われて、悩むのがバカらしくなった。

もう、いいや……ブラにこだわるのはやめよう。

荷物を持ってバスルームへと移動する。そこで私はまた感動してしまった。

何ここ……洗面所も浴槽もホテルみたい。

笹森さんなんでこんなマンションに一人で住んでんの？　もしかして超お坊ちゃま？

せっかくだから広いお風呂でまったりと入浴を楽しんだ。

――ここ、他にも女の人来たことあるのかなぁ……だとしたらちょっと……いやだいぶショックだな……

お風呂から出た後、髪を乾かしながらそんなことをぼんやり考える。

誰もが認めるイケメンの笹森さんだもの。きっと元カノの一人や二人や三人や四人いるだろうけど……そんなことを考えるだけで胸がざわざわしてしまう。

私、すっかり笹森さん大好き人間だ……

ため息をついてリビングに戻ると、笹森さんがソファーに座ってビールを飲んでいた。

「お前も飲む？」

「はい」

冷蔵庫からさっきスーパーで買ってきた梅酒を取り出し、再び笹森さんの待つリビングへ移動した。

「ここ、おいで」

笹森さんが自分の隣をポンポン叩いてきたので、言われるままそこに座る。すると笹森さんの腕がごく自然な動作で私の脇腹に回された。

「ショートパンツもいいな」

笹森さんの視線が私の脚に注《そそ》がれ、なんだかこそばゆい。

あ、そうだった。

私、笹森さんに言わなければいけないことがあったんだ。

「あの、笹森さん。一つ謝らなければいけないことがあるんです」

「ん？」

「お付き合いのこと、吉村さんにバレてしまいました……ていうかバラしちゃいました」

「吉村さん？」

笹森さんはたいして驚いた様子もなく、話を聞いている。

「すみません……社内では秘密にするのがお付き合いの条件だったのに」

秘密は絶対守るつもりだったのに、その約束が守れなくて落ち込む。

「いいよ。吉村さんは大丈夫だ。……それに、あの人もう勘付いてただろ？　いろいろお膳立てしてくれたくらいだし」

「え……」

怒られると思ったのに、私の想像に反して笹森さんは「気にすんな」と優しく言ってくれた。

もう、なんでそんなに優しいの。私が悩んでいたことなんて小さく思えるくらい、笹森さんは広い心で私を受け止めてくれる。

そんな笹森さんを見ていたら、自分の気持ちを伝えるなら今しかない、という気になってきた。

「あの、笹森さん」

私は、ソファーの上で居住まいを正し笹森さんの方を向く。そして、意を決して、ずっと言おうと思っていた言葉を口にした。

「お付き合いの、かっこ『仮』、外してもらってもいいですか？」

笹森さんの目が驚いたように見開かれ、彼は持っていたビールをテーブルに置いた。

「あの出張の夜……勢いで笹森さんとあんなことになっちゃったんですけど、お付き合いしていくうちにどんどん気持ちが笹森さんに傾いてきて、今は自信もって笹森さんが好きだって言えます。ていうか、笹森さんが好きです。だから仮の、じゃなくて本当の彼女にしてもらえませんか……？」

言った。言っちゃった。

人生初の告白に、笹森さんを真っ直ぐ見られない。恥ずかしさのあまり、俯《うつむ》いて笹森さんの返事を待つ。

沈黙が怖い。笹森さん早く何か言って……！

「バカタレ」

「なんでっ？」

思わず顔を上げると、笑顔で私を見ている笹森さんがいた。

「俺は最初からそのつもりだよ」

「えっ？」

「確かにあの夜、あんな流れになったのがきっかけではあるけど、お前といると楽だし、楽しいし、結構早い段階でお前に好意持ってたよ。仮、にしたのはそうでもしないとお前が警戒して首を縦に振らないと思ったからで、元々俺の中では仮なんてものはなかったんだ」

――笹森さんが、結構早い段階で私に好意……嘘みたい……

「ほ、本当に？」

「ああ。俺は最初からお前を彼女だと思ってる。じゃなかったら家になんて呼ばない」

途端に体の奥から喜びが込み上げてきた。

う、嬉しい……本当に本当に嬉しい！

「未散」

笹森さんが私の名を呼ぶ。至近距離で見つめ合うと、彼は頬にかかる私の髪を耳にかけ囁《ささや》いた。

「なら、お前を美味《おい》しくいただくことに異論はないな？」

「あ、ありません……」

「じゃ、いただきます」

私が返事をする前に笹森さんに唇を塞《ふさ》がれた。

私の唇をこじ開けて侵入してきた彼の舌が私の舌に絡《から》まる。彼の手が私の頭と腰に回り、私をガッチリ抱き締めそのままソファーに倒れ込んだ。

息継ぎもままならないほどの激しいキスを繰り返し、ちゅうっと音を立てて笹森さんの唇が離れた。

「……ベッド行くか」

特に気の利いたコメントも浮かばなくて、消え入りそうな声ではい、と返事する。

「じゃ、せーの」

「へ？　……きゃっ！」

笹森さんの掛け声と共に体が持ち上げられ、彼の肩に担《かつ》がれた。

「笹森さんっ、ちょっと！　米俵《こめだわら》じゃないんですから！」

「暴れるなって。重い」

ガーン。

途端に黙り込む私に対して笹森さんは「ハハハッ」と笑う。

「嘘。全然重くねーよ」

そのまま寝室に入り、ベッドに優しく降ろされる。笹森さんがベッド脇の照明をつけると、なんだかムーディな雰囲気になってドキドキが増した。ベッドはダブルかな？　スプリングが利いていて寝心地が良さそう。

「じゃ、未散。万歳《ばんざい》」

「は？　万歳」

言われるがまま小さく万歳をするとすぐさま笹森さんにすぽん、とTシャツを脱がされた。あっという間に上半身はキャミソール一枚だ。あまりの早業《はやわざ》に唖然《あぜん》としてしまう。

「……全部脱がした方がよかった？」

「いいえ、いいえ！　これでいいです！」

一気に半裸なんて恥ずかしいですから!!

笹森さんが私の足元からベッドに上がり、投げ出された私の脚に唇を寄せる。

足の指にキスをして、少しずつ移動して踝《くるぶし》、ふくらはぎ、膝、太腿……とキスをしていく。

「あ……」

柔らかく触れてくる唇がくすぐったい。

お腹の辺りまで来ると、少しずつキャミソールをたくし上げて笹森さんの舌が臍《へそ》の周りを舐《な》める。そのままゆっくり上へ移動し、キャミソールをまくり上げて胸を露出させた。

彼は舌を出して乳房の周りを舐め上げていく。ざらついた舌の感触に、私のお腹の奥がきゅんと反応した。

「んっ……」

「……お前の胸の大きさだと、カップ的にはどれくらいなの」

急にそんなことを問われ、一瞬冷静になって考える。

「……最近はDぐらいかな？」

「最近は……って、カップの大きさって変わるものなのか？」

そう言いながら笹森さんの両手が乳房を鷲掴《わしづか》みにし、やわやわと揉《も》み始めた。私の乳房が笹森さんの掌《てのひら》の中で形を変える。

「私、体重の増減が胸からで。痩《や》せると途端にCになったりするんです……」

私が喋《しゃべ》ってる間も、笹森さんの舌は乳輪から乳首の辺りを丹念に舐め上げていて、その度に「んっ……！」と声が漏《も》れてしまう。

「じゃあしっかり食べさせないとな」

喋り終えた笹森さんの唇が乳首を食《は》んだ。

「あんっ……」

舌で舐め転がされ、時折ジュブジュブと音を立てながら強く乳首を吸われると、体中に甘い痺《しび》れが走った。

「んっ！　はぁっ……あ……」

何度か繰り返されると快感と共にじわじわと下半身の潤《うるお》いが増していくようで、腿《もも》を擦《こす》り合わせてしまう。

そんな私を知ってか知らずか、笹森さんの舌の動きは止まることなく乳首を攻める。同時に舐められていない方の乳房を激しく揉んだ。私は快感に身を捩《よじ》らせる。

「さ、笹森さん……ちょ、ちょっと……」

状況に耐えかねて、私の乳首を口に含んだままの笹森さんに声をかけた。

「ん？」

「なんだか私ばっかり声出して、は、恥ずかしいです……」

「……」

一瞬の沈黙の後、無表情で笹森さんが顔を上げた。

「こんなんで恥ずかしがってたら、この後お前耐えられるの？」

「うっ……」

それを言わないでっ。

キャミソールを脱がされ、胸がふるりと震える。隠したい衝動に駆られるけど、すぐさま笹森さんが覆《おお》い被さり、両腕をベッドに縫《ぬ》い付けられてしまう。

「ほんと、綺麗な体だな。色も白いし、触り心地もいいし……」

嬉しそうに上半身をまじまじと眺めつつ、笹森さんは私のお腹の辺りから胸の辺りを指でつつつ、となぞっていく。

「っあん……」

「お前の体に触れるの、俺が初めて？」

「そ、そうですよ。こんなことするの、は、初めてだもん……」

笹森さんの顔が近づいてきて、唇が私の唇に触れるか触れないかの位置で囁《ささや》く。

「それは光栄です」

そのまま唇を塞《ふさ》がれた。軽く唇を押し付けた後、ヌルリと笹森さんの熱い舌が侵入してきて、私の歯列をなぞる。

「ふぁ……」

角度を変えてお互いの舌を絡《から》ませ、溢《あふ》れる唾液を交換するようなキスを夢中で交わした。

笹森さんとのキスも、もう何度目だろう。

キスの度に笹森さんの髪の香りがふわりと私の鼻腔《びこう》をくすぐる。今日はお風呂の後だから、シャンプーの香りかな。いつもの整髪料の香りとはちょっと違う……

舌を強く吸われ、ちゅぽんと音を立てて離された後、笹森さんの手がショートパンツに掛かった。臍《へそ》の辺りからするっと手が差し込まれると、あっという間にぬるついた秘所に到達する。彼の指が敏感な箇所をまさぐり始め、私の体に緊張が走った。

「あっ……」

「大丈夫だから。楽にして」

そう言われてもこんな状況では、頭では分かっていても自然と体が硬くなってしまう。

笹森さんの唇が首筋に移動する。首筋をざらりと舌が這《は》い、ゾクゾクした。

その間も笹森さんの指は敏感な部分を優しく撫でる。知らぬ間にたっぷりと蜜が溢れていたそこは彼の指の侵入を妨げることなく、するりと受け入れた。

「んっ……さ、さもりさ……」

「俺の名前知ってる?」

「えっ……柊ですよね……?」

「うん。そっちで呼んで」

「呼び捨ては……むりっ……あっ……」

「好きなように呼べばいいから、名前で」

喋《しゃべ》っている間も、笹森さんの指は止まらずにゆっくりと私の中を探るように掻き乱していく。

――な、中に、入ってる……笹森さんの指が……

なんとも言えない、初めての感覚に固まっていたら、隙間の上にある小さな芽に触られて、私の体がビクンと跳ねた。

「ひゃっ……」

ビリッと電気のように体に快感が走った。その反応を見た笹森さんが、なんだか嬉しそうに口の端を上げる。それと同時に、そこを弄《いじ》る指の動きを速めた。

「……っ!!」

矢継《やつ》ぎ早《ばや》に襲ってくる刺激に、もう会話できる状態ではなくなった。自分でも分かるくらいクチュクチュといやらしい音を立てて濡《ぬ》れそぼったそこを、彼に執拗《しつよう》に攻められる。

立て続けにやってくる快感にたまらず体を反《そ》らすと、突き出た胸に笹森さんが吸い付いた。

「んん……!」

乳房を手でぐっと鷲掴《わしづか》みにするとそのままやわやわ揉《も》みしだき、舌で乳首を飴玉《あめだま》のようにしゃぶる。そうされて、私の体がまたビクンと反応して腰が浮いた。

「も、もう、いやあ……」

快感のオンパレードに、私はやや半泣きで笹森さんを見上げる。

「こっちも敏感だね、未散ちゃん」

笹森さんが笑顔でそんなことを言ってきた。

そして私の中に入っている彼の指が動きを速めるごとに水音も増し、愛液がトロリと脚の付け根の方まで流れ出てくる。それが自分でも分かって、恥ずかしくてかあっと体が熱くなった。

「だいぶ濡れてきたな。……なあ未散、俺のこと、名前で呼んで？」

すっかり汗だくになった笹森さんが、髪を掻き上げながら熱い瞳で私を見つめる。

「あっ……柊、さんっ……」

「いいね……名前呼び、結構くるな……」

そう呟《つぶや》いた彼が、私のショートパンツとショーツを一気に剥《は》ぎ取った。

そして自分も服を脱ぎ去ると、ベッド脇の収納から避妊具を取り出した。

そんなとこにあるんですね……

一瞬冷静になって見てしまった。手早くそれを装着すると、笹森さんが私に覆《おお》い被さってくる。

ホテルで見たときも思ったけど、やっぱり笹森さんの体、無駄な肉がなくて綺麗。

「……痛くてどうしても我慢できなくなったら言えよ？」

優しい顔でそんな言葉をかけられたら、ますます好きになっちゃうよ……

「大丈夫ですっ……一思《ひとおも》いにやっちゃってくださいっ……!!」

「……お前、この場面で笑わせるのナシな……」

脚を開かれ、指で優しくなぞった後、笹森さんの分身が私の股間に宛《あて》がわれた。だが、ちらりと見えた勃《た》ち上《あが》りきったそれの余りの大きさに息を呑む。

うっ……それ、本当に私の中に入りますか……？

そんなことを思ったのも束の間、濡《ぬ》れた私の蜜口にゆっくりと挿入されていく。圧倒的な存在感に息を止めた。

「んっ……！」

「大丈夫か……？」

「今のところは……」

大丈夫です、なんて言おうと思っていたらとんでもなかった。挿入されていくと同時に痛みも増してきて、反射的にギュッと目を瞑《つむ》った。

――嘘っ……こんなに痛いのっ⁉

予想以上の痛みに体に力が入ってしまう。そして笹森さんの腕を掴《つか》んでいる手にも力が籠《こも》る。

「い、痛っ……！」

「未散、力抜け。大丈夫だから……」

笹森さんの声もなんだか苦しそうだ。

……痛い……でも、ここまできたら、もう止めることなんてできない……

「はあっ……んっ……」

息を吐いて痛みを紛《まぎ》らわしていたら、笹森さんの指が私の一番敏感な箇所に触れた。

途端にビクンと体が反応し、仰《の》け反《ぞ》る。

「……ここ気持ちいいだろ？」

笹森さんが私の敏感な箇所を指で擦《こす》ってくる。そうされる度に言葉にならない快感が襲ってきて、上半身を捩《よじ》らせ、ただ喘《あえ》ぐしかできなくなった。

「あんっ……だ、だめえ……」

「未散……」

耳元で低くて甘い囁《ささや》きが聞こえる。目を開くと、そこには額《ひたい》に汗を浮かべて苦しげに眉を寄せる笹森さんの顔があった。

「どうだ？　まだ痛いか」

痛いけど、でも心配かけたくなくてブンブン首を横に振る。笹森さんは一瞬真顔になった後、「ふっ」と表情を綻《ほころ》ばせた。

「……未散、可愛い」

えっ。今可愛いって言った？　そういえば帰って来たときも可愛いって言われたような……

そんなことを考えていたらちょっと痛みが紛《まぎ》れてくる。その間に一気に奥まで挿入された。

「あっ……っ!!」

「……っ」

笹森さんもぐっと眉を寄せて、息を詰めた。そしてしばらくじっとしていると、熱い息を吐きながら私の顔を覗《のぞ》き込んでくる。

「大丈夫か？」

笹森さんが少し心配そうに尋ねてきた。

はっきり言って、痛い。もの凄い圧迫感で上手《うま》く呼吸ができない。思わず歯を食いしばり固く目を瞑《つむ》って痛みに耐える。

でも、同じくらい彼が私の中に居ることが嬉しくて、痛みよりその満足感の方が大きかった。

「大丈夫です……柊さん、続けて……」

痛くてジワリと目に涙が滲《にじ》んだけど、続けてほしくて彼を見上げて懇願する。

「お前のその顔、そそる……」

笹森さんが私の唇をぺろりと舐《な》めて、上唇を食《は》む。そのまま舌を入れて口腔《こうこう》を舐め回してきた。私も笹森さんの舌に自分の舌を絡《から》ませて、ぴちゃぴちゃと音を立てながらしばらくの間キスを繰り返す。しばらくすると、笹森さんの腰がゆっくりと前後にグラインドを始めた。

「ん……あん……」

「ほら、さっきより濡《ぬ》れてきた。分かるか？」

「わ、分かり……ます……」

笹森さんが私の奥を穿《うが》つ度に、ぱちゅんぱちゅんと水を含んだような音がする。

こんな、こんなに濡れて私……恥ずかしい……

唇を離した笹森さんは、今度は私の耳に舌を入れ、ゆっくりと中を舐め回した。直《じか》に頭にくちゅくちゅという音が響いて、ゾクゾクする。

「うわぁっ……！」

思わず上半身を捩《よじ》って逃れようとするが、笹森さんは止めてくれない。むしろ舌の動きが更に激しくなった。

「しゅ、しゅうさぁんっ、耳いやぁっ……！」

笹森さんの肩に手を当て、力を入れて押し退《の》けようとする。

「耳、弱いんだ」

なんだか嬉しそうに笹森さんは耳を攻め続ける。

嫌だって言ったのに全然止める気配がない。

もしかして、笹森さんって……Sなの⁉

私の耳を攻めている間も、笹森さんはゆっくり奥を突き続けていた。そうするうちに徐々に痛みは和《やわ》らぎ、それとは違った感覚が沸々と込み上げてくる。

「はあ、あっ……柊さんっ……」

「はぁっ……やべ、お前の中、気持ちいい……」

そう言いながら笹森さんが私の片脚を腕にかけると、更に奥深く挿入《はい》ってきた。

「あんっ‼」

「くっ！　はぁっ……」

荒い息を吐く笹森さんの表情が苦悶《くもん》に歪《ゆが》む。

笹森さんのこんな顔、初めて見た。額《ひたい》に汗が滲《にじ》んで、眉間に皺《しわ》を寄せた苦しそうな表情がなんとも色っぽい。

次第に笹森さんの動きが激しくなってきた。パンパンと音を立てながらリズミカルに腰を打ち付けられる。最奥《さいおう》を突かれつつ、同時に指で敏感な芽をぐりぐりと潰《つぶ》すように弄《いじ》られると、理性が吹っ飛びそうになる。

ふっと目を開けたら、ちょうど目が合った笹森さんが近づいてきて、そのままキスをする。

お互いに熱い息を吐きながら、舌と舌を絡《から》ませ吸い合った。彼の手は私の乳房を揉《も》み、指で乳首を擦《こす》り合わせるように弄る。

「んっ、んっ……ふぅ……っ」

気持ちいい……

好きな人とのセックスってこんなに気持ちいいんだ……。快感だけじゃなくて、なんだろう、好きな人と一つになれる喜びなのかな。

「あんっ……しゅ、しゅうさん……」

汗ばむ笹森さんの顔が私の目の前にある。無性にキスがしたくなって、せがむみたいに笹森さんの頭を引き寄せ、唇を押し付けた。すると笹森さんがそれに応えてチュッ、チュッと何度か啄《ついば》むようなキスをしてくれた。それから舌をねじ込んで、激しく奪うようなキスをする。

「んっ……」

お互いの息遣いとくちゅくちゅとした水音が、静かな部屋に響いていく。溢《あふ》れた唾液が口の端から零《こぼ》れるのも構わず、彼の肉厚な舌が私の口腔《こうこう》を丹念に舐《な》め回した。

「未散……」

唇を離した笹森さんが私の名を呼び、熱い眼差《まなざ》しで見下ろしてくる。そんな目で見られたら、愛しさが募《つの》って仕方がなかった。

「大好きっ……」

汗ばむ笹森さんの体に手を回し、ぎゅっと抱き締める。

「未散っ好きだっ……」

私の奥を穿《うが》つ笹森さんの動きが一層激しくなった。

「あっ……あっ……んっ!!」

「はっ……あ……イクッ……!」

苦悶《くもん》に満ちた表情でそう言った笹森さんは「うっ……」と言って軽く体を痙攣《けいれん》させる。

直後、私の中に精を吐き出した。

そして私の方に倒れ込むとそのままギュッと抱き締めてくれる。私も彼に応えるように、彼の汗ばんだ体に手を回した。

息を整えてゆっくりと体を起こした笹森さんが、蕩《とろ》けるような目で私を見つめる。

「未散……可愛い」

そう言って唇を食《は》むみたいなキスをくれた。

私も彼の頭に手を回し、求められるまま何度もキスをする。

——わ、私ついに笹森さんと、しちゃったんだ……

ことを終えた途端、その事実で私の頭の中はいっぱいになった。

この前まで彼氏いない歴を更新中だった私が、こんな素敵な人と……！

笹森さんは、私の体をぎゅっと抱き締めている。

しばらくそうしていると、私と目を合わせた笹森さんが申し訳なさそうにちょっと笑った。

「ごめんな未散、まだ足りない」

体を離し再び避妊具を装着した彼は、ぽかんとしている私の膝を持ち上げさっきよりも深く挿入してきた。

「んんっ――!!」

汗ばみ、情欲を滲《にじ》ませた瞳と艶《つや》っぽい表情でそんなこと言われたら、拒《こば》むことなんてできない。再び揺さぶられて声を漏《も》らす私に、笹森さんは、微《かす》かに口元に笑みを浮かべて聞いてくる。

「……お前が気持ちいいとこ、どこら辺かな」

私の中の深いところをゆっくりと探るように突き始めた。そんなこと言われても、さっきまで処女だった私には気持ちいい場所なんて分かるはずがない。

「そっ、そんなのっ……分かんないっ……」

「まあそうか……でも未散……そうやって喘《あえ》いでるお前の顔、色っぽくてすげーいい……」

そう言って笹森さんは、私の股間にある一番敏感な突起をピン、と指で弾《はじ》いた。

「きゃあっ!!」

いきなり与えられた刺激に、疲れて重たくなっていたはずの私の腰が勢いよく跳ねた。

「そうか、ここが一番気持ちいいのか」

笹森さんはニヤリと口角を上げ、指の腹でその小さな突起をぐりぐりと小さく円を描くように押し潰《つぶ》してくる。

「い、いやあ!! そこ……そんなふうにされたらおかしくなっちゃう……!」

「いいよ、おかしくなれよ」

疲れてもうクタクタなはずなのに、抗《あらが》うことができない。与えられる快感に私の蜜口がまたジュワ、と潤《うるお》い始めた。そしてそれが潤滑剤となって彼の抽挿《ちゅうそう》がスムーズになる。

「あっ、あっ、しゅ、しゅうさあんっ……」

「んっ……未散……」

彼は汗ばみながら私のお尻を掴《つか》むと、最奥《さいおう》を一際強く穿《うが》った。私はその衝撃にシーツをギュッと掴む。

「も、もうだめっ……」

「いいよ、イキな」

笹森さんが私の耳元でそう言ったのとほぼ同時に、快楽の波が一気に押し寄せた。彼が眉間に皺《しわ》を寄せ、体を震わせる。達したことで体の力が一気に抜け、私の意識は、ふうっと彼方《かなた》に飛んで行った。


「ん……」

目が覚めると、私の隣に笹森さんの姿はなかった。ベッド脇の時計は午前零《れい》時過ぎ。起き上がると、経験したことのない下腹部の痛みを感じた。同時に笹森さんとセックスしたのは夢じゃなかったと思い知らされる。

私……本当に笹森さんとしちゃったんだ！

思わず掛け布団にくるまって「うわあああ！」と悶絶した。

――笹森さん、優しかったな……。それに、笹森さんの裸、綺麗だった。筋肉質で、お腹割れてて……あの人に抱かれたことを思い出すだけでまた体が熱くなってくる。

笹森さんの体を思い出してドキドキしていたら、寝室のドアが開いた。布団から顔を出してそちらに目をやると、Tシャツとジャージ姿の笹森さんが、こちらへやって来る。

「目、覚めたか？」

そう言いながらベッドに腰掛け、彼は手に持っていた水のペットボトルを私に差し出した。

「ありがとうございます」

水を受け取りゆっくり飲んでいたら、私の行動をじっと見ていた笹森さんが口を開いた。

「体、大丈夫か。痛かったろ」

真面目な顔で私を心配してくれる笹森さんに、キュン、としてしまう。

「ちょっ、ちょっと痛かったですけど……でも大丈夫です」

「ならいいけど……初めてなのに無理させたからな……悪かった。でもそんな体してるお前も悪い」

「はっ⁉」

な、何？　私の体、どこか悪いの？

意味が分からなくて笹森さんの顔を見つめていたら、フッ、と笑みを零《こぼ》した笹森さんが、布団の中に潜《もぐ》り込んでくる。

「ひゃっ⁉」

「何度でも抱きたくなるくらい、たまらなくいい体ってことだよ」

と言って私の体をぎゅうっと抱き締めてきた。

「未散。好きだよ」

耳元でそう囁《ささや》いてくれる笹森さんが、これ以上ないくらい愛おしくなる。

「私も……大好きです……柊さん」

そう言って彼の体を強く抱き締め返した。

しばらく抱き合った後、ゆっくり離れた笹森さんが、微笑む。

「なんかあったかいものでも飲むか」

先に行ってるとリビングに向かった彼を追って、私も慌《あわ》てて着替えて寝室を出た。

リビングに移動すると、隣接するキッチンで笹森さんがミルクパンにミルクを注《そそ》いで火にかけていた。

「ホットミルクですか？」

「うん。落ち着くだろ」

最後にブランデーをポタポタと落とすと、ふわりといい香りが漂《ただよ》ってくる。

「わー、いい匂い」

「ほれ」

笹森さんがホットミルクが入ったマグカップを差し出してきた。それを受け取って二人でソファーに座る。

「笹森さんって、自炊してるんですか？　結構道具が揃ってますよね」

「平日はしないけど、休みにはするかな。角煮が好きでよく作る」

「角煮かー、美味《おい》しいですよね」

たわいない会話をしながら、疑問に思っていたことを切り出す。

「あの、こんな立派なマンションに住んでるなんて、笹森さんってお金持ちなんですか？」

「いや別に。たまたま売りに出てたから買っただけ。さすがに高層には手が出なかったけど」

笹森さんはなんでもないことのように言うけど、ここの低層だって普通なかなか買えないと思う……

「どこからそんなお金が……」

「まぁいろいろ。それに俺、趣味とかそんなにないからあんまり金使わないし。金なんか使わなきゃ貯まる」

会社員四年やってるのに大した貯金もない私には、耳の痛いお話だ……

「笹森さんって、凄いですね……」

「どこが？　普通だよ」

「普通じゃないですよー。仕事できてルックスよくてお金もあって。羨《うらや》ましい……」

「そう言ってくれるのは嬉しいが、プライベートでは意外と苦労してんだぜ？」

「そうですか？　見えませんけど」

ホットミルクをすすりながら、隣の笹森さんを見る。

「ほんとだって。昔っから、付き合った子が大人しく見えて実は肉食系だったことが度々あってさ。大学時代の彼女なんて束縛が酷《ひど》くて、最後はストーカーみたいになってたし……」

「そ、そうなんですか……」

なかなかヘビーな過去ですな……モテるのも大変なんだ……

「んで、会社入ってできた彼女は、付き合って一年で体調崩して会社辞めて実家に帰っちまった」

……会社？

笹森さんがふと漏《も》らしたその言葉に、ドキッとした。そんな私の様子を敏感に感じ取ったのか、笹森さんは話を切り上げようとした。

「悪い。彼女の前で元カノの話なんてするもんじゃないよな。やめよう」

でも、今の私は笹森さんの過去ならどんなことでも知りたい。

「いえ……私、知りたいです」

「……もしかして、吉村さんから何か聞いてる？」

そう問われて、首をぶんぶん横に振った。

そんな私を見た笹森さんは、ひとつため息をつくと元カノについてぽつぽつ話し出す。

「大人しい子だったけど、俺と付き合ったことでいろいろストレスとかあったみたいで……結局会社に来なくなった。実家は九州だったし、遠距離は無理って言われて。それで別れた」

「そう、ですか……」

もしかして、笹森さんが社内恋愛はしないと言っていたことと、何か関係あるのかな。

「でも最近結婚しましたって報告来たから、幸せそうで安心したけどな」

そう言って笹森さんが優しく微笑んだ。

あ、あの葉書。あれが元カノさんだったのか。

「その……元カノさんって、同じ職場だったんですか？」

「……そう、同期でね。まあそれでいろいろ思うとこあって……もう社内恋愛はやめようって思ってたんだけど」

言葉もなく下を向いた私を見て、笹森さんが「ぶっ」と噴き出した。

「何、落ち込んでるんだ」

「いやその、なんとなく」

「お前が気にすることなんてないよ」

そう言って笹森さんが私の髪をクシャッと撫でた。

「でも……まさかまた社内恋愛すると思わなかったなあ」

「あの、私のどこがいいと思ったんですか？」

「そうだな……」

少し考える素振りをした笹森さんは、私の手からマグカップを取ってテーブルに置いた。

そして私のTシャツの裾《すそ》から手を入れて胸に触れる。

「いつでもマイペースで、たまにとんでもなく面白いことしてくれて一緒にいて飽《あ》きないところ、とか?」

彼の指が胸の先端に触れた。

「んっ……」

「見てくれはいいのに、自分に無頓着なとことか」

喋《しゃべ》りながら先端を指でくりくりと転がし、軽く摘《つ》まみ上げたりされると、意識していなくても息が荒くなってしまう。

「あっ……笹森さんっ……」

「『笹森さん』に戻っちゃったな。まあいいか」

笹森さんがクスッと笑った。

「あと、そうだな……普段割と冷静なのに、ベッドの上では可愛くなるとこ……とか?」

話しながら悪戯《いたずら》っ子のような顔で、ピン、と先端を指で弾《はじ》かれビクッと肩が跳ねた。

「あっ……んんっ」

止まらない愛撫《あいぶ》に、体の力が抜けて彼の肩に凭《もた》れかかった。息を荒らげる私を見て、笹森さんは嬉しそうに私の頬にチュッとキスを落とす。

「じゃ、未散ちゃん。もう一回しようか」

シャツから手を引き抜いた笹森さんが、私の手を引き立ち上がった。

「え、あの……」

困惑して笹森さんを見上げると、極上の笑みで囁《ささや》いてくる。

「おいで」

リビングからベッドルームに移動して、再び服を脱ぎ去ると、まだまだ元気な笹森さんは私を骨の髄《ずい》まで味わうように何度も求めてきた。

「未散、舌出して」

そう言われておずおずと舌を出すと、舌ごと奪うようなキスで私を翻弄《ほんろう》する。そして体中にキスの雨を降らせると、私の中に入り、激しく奥を突いてきた。

まだちょっと痛かったけど、笹森さんが優しくしてくれたから、痛みはだいぶ気にならなくなる。

そして何度目かのセックスの後、いつの間にか私の意識は途切れていた。

朝起きたら隣に笹森さんがいた。そのことに、安心したと同時に嬉しさが込み上げてくる。

——好きな人と一緒に夜を過ごすって、こんなに嬉しいものなんだなあ……その相手が笹森さんで、本当によかった……

彼の顔を覗《のぞ》き込むと、すやすやと気持ちよさそうに眠っていた。

寝顔、可愛いな……

ベッドから降りようともぞもぞ体を動かす。下半身がずっしり重くて、驚いて思わず腰に手を当てて前屈《かが》みになった。

うっ、腰重っ……！

昨晩の激しい行為を思い出して、赤面する。再びそーっと笹森さんの顔を覗くと、その瞬間笹森さんの目がぱっちりと開いた。

「……なに人の顔覗《のぞ》き込んでんだ……」

「あ、おはようございます。いや……ちょっと……」

どんな顔をしていいのか分からず、赤くなってもごもごしていると、笹森さんに腕を引かれて抱き締められた。

昨日一日で、すっかり馴染《なじ》んでしまった笹森さんの素肌……くぅう、なんかいい匂《にお》いがする。

「体、大丈夫か？」

笹森さんの手が私の頭を撫でながら髪を梳《す》いた。

「ちょっと腰が重たいですけど……なんとか」

「そうか」

そして笹森さんはもぞ、と頭を少し下げ両手で私の胸を掴《つか》んで寄せ、出来上がった谷間に顔を埋《うず》めた。

「はー、柔らかい……」

なんか……なんか変な感じ。笹森さんが私の胸に顔を埋めてぐりぐりしてるなんて……

寝ぼけてるのかな？と思っていたら、ちゅうっと乳首を吸われた。

「わあっ！」

驚く私に構わず笹森さんは乳首を舌先で優しく舐《な》めてくる。こんなことされ続けたらまたしたくなっちゃう！と思った私は彼の頭を軽く手で押し返したが、彼の舌の動きは止まらない。

「さ、笹森さん……朝ですよ……？」

「……今日休みだし」

「夜、たくさんしましたよ……？」

「寝たら元気出た」

「朝ごはん……」

「とりあえずこっちが先」

そう言うと笹森さんは、乳房をやわやわと揉《も》みしだきながら私の首筋に舌を這《は》わせた。

はっ、そういえばホテルに泊まったときも朝途中まで……てことは笹森さんの寝起きは危険!?

「ねえ、笹森さん、起きましょうよー」

「ん……未散……可愛い……美味《おい》しい……やりたい……」

「笹森さん……！　頭の中が漏《も》れてます！」

「未散……」

「んむっ……！」

体を起こした笹森さんの唇が私の唇を塞《ふさ》いだ。容赦《ようしゃ》なく舌を絡《から》められ、昨日の名残《なごり》か、条件反射か、私の下半身がじんわりと潤《うる》みだした。

ふと気づくと、私の下半身にすっかり元気になった笹森さんの分身が当たっている。

あ、朝からですか――!?

昨日まで処女だった私にはハードル高いんですけどっ！

そうは思いつつ、快感を覚えてしまった体は、笹森さんの愛撫《あいぶ》にすぐに蕩《とろ》けてしまうのだった。

「……ごめん」

「酷《ひど》いです……私、初心者なのに……」

パンにバターを塗っている私に、笹森さんがコーヒーを飲みながら苦笑して謝った。

結局朝一度して二人ともバッタリ寝てしまい、起きたら昼の十二時。先に目覚めた笹森さんがパンを焼いてコーヒーを淹《い》れてくれた。

笹森さんは謝ってくれたけど、顔が笑ってたから本気で悪いと思ってないな。

「シーツだって汚れてるから、早く取り替えて洗濯したかったのに……」

「ああ、血？」

「言わないでえっ!!」

処女喪失で汚れたシーツを朝早く起きて洗おうと思ってたのに……もう、恥ずかしい。

私が顔を真っ赤にしていたら、笹森さんは仕方ないんだからと笑っていたけど。

「もう、なんでそんなに元気なんですか……」

「そりゃあ、好きな女とようやくできたんだから元気にもなるさ」

「す、好き……!!」

笹森さんから発せられた言葉に、思いっきり照れる私。

「未散は？　俺のこと好き？」

「……!!」

真っ赤になって口をパクパクさせる私を見て、笹森さんは面白がるように、ニヤニヤしながら私の返事を待っている。

「……す、好きです」

「どんなところが？」

「会社ではクールだけど……実は凄く優しいし、笑顔がステキ、とかですかね？」

正直に、思っていることを彼に伝えた。

笑った顔、反則みたいに格好いいんだよね。あれにはやられた。

「笑顔か。そういやお前に会ってから、俺、結構笑ってるな」

自分でも意外、といった様子で笹森さんが腕を組んで考え込んでいる。

「私も忘れかけてた『女の子らしさ』というものを久しぶりに思い出しました」

彼氏のいない生活に慣れ過ぎて、枯れたオッサンみたいになってたけど……

「お前は、会社では今のままでいいよ。じゃないと三上みたいなのが増えて困る」

「言われなくてもそのつもりですが」

「でも俺といるときはちょっと可愛くしようか？」

と、笹森さんが不敵に笑った。

「車……持ってたんですね……」

せっかくだから出かけようと言われ、マンションの駐車場に来た。目の前には黒い国産のステーションワゴン。

「たまにしか乗らないけど。実家が郊外だから帰るのに車の方が便利なんだ」

乗り込むと笹森さんが静かに車を発進させる。

爽《さわ》やかな柑橘系《かんきつけい》の香りがする車の中では、洋楽が流れていた。普段知りえない笹森さんの趣味が垣間見えてちょっと嬉しくなる。

笹森さんに連れて来られたのは、郊外にあるアウトレットモール。自分ではなかなか来ない場所に来て、テンションが急激に上がる。

「おお……アウトレットだああ」

「あんまり来ない？」

「来ませんね……アウトレットって郊外にあるじゃないですか。私アパートの周囲五キロ圏内《けんない》で生活してるので」

「五キロ……」

笹森さんが絶句する。

「歩ける限界の範囲です」

「……健康的だ」

そこそこ大きいアウトレットモールのうえ、土曜日だから人が凄い。それにカップルの多いこと。こんなにたくさん人が居ても、笹森さんの格好良さは群を抜いている。道行く女の子達がさりげなく笹森さんを見ているのに、ちょいちょい気づいてしまう。

横にいるのがこんな私で申し訳ない……！

「じゃあ、未散の服を買いに行こう」

「ほへっ？」

笹森さんがいきなりそんなことを言い出したので、間抜けな声が出てしまった。

「ほら、こっち」

笹森さんに腕を引かれショップに連れ込まれたが、普段私があまり着ないような大人っぽいデザインの服ばかり置いてある。何を選んだらいいのか分からなくて戸惑った。

「いや、私そんなに洋服欲してない……」

「俺が選んだ服を着てる未散が見たい」

一瞬真顔になった笹森さんがそんなことを言うもんだから、ぼっ!!　と顔から火が出た。

彼は構わずワンピースを一枚ずつ手に取ると、それを順に私に当て始めた。

「歓迎会で着てたワンピースも似合ってたけど、違うワンピースも見たいな」

「あれ美香ちゃんのですから……。それに、私ワンピースってジャージ素材の部屋着みたいなのしか持ってません……」

「……ワンピース買おう」

笹森さんは女性顔負けの勢いでワンピース数枚をピックアップすると、服と共に私を試着室に放り込む。

「サイズの確認だ。着たら声かけて」

そう言ってシャッとカーテンを閉じた。勢いが凄すぎて全く口を挟む隙がない。

一枚試着しては笹森さんに声をかける。その度に、笹森さんは考え込むようにあちこちから眺める。そうして最後の一枚を見たとき、笹森さんはその場で店員さんにタグを切ってもらい「このまま着ていきます」と言った。

それはちょうど膝上丈の、胸の下に切り替えのある白いワンピース。今日着てきた薄い黄色のカーディガンに合わせても可愛かった。

全部笹森さんが会計すると言うので、「いいです！　いいです！」と止めたが、「昨日無理させたお詫《わ》びだ」と言って結局笹森さんが支払った。

「ありがとうございます。服、増えた～」

「デートのときに着て来いよ」

嬉しい……笹森さんからもらったもの、大事にしよう。

「笹森さんは買わないんですか？」

「ん～～。特にこれといって欲しいものはないかな……」

「……ひょっとしてこれのためだけにここまで来たんですか？」

「郊外の方が会社の人間に会う確率低いだろ。それにお前、長い距離歩くのしんどいだろうし」

「ありがとうございます……」

笹森さんの気遣いと優しさに触れ、ますます彼を愛おしく感じた。

「天気もいいし、散歩がてら一周するかー」

そう言って差し出された笹森さんの手を迷いなく取った。掌《てのひら》から伝わる笹森さんの体温が、私の気持ちも温かくしてくれる。

——もう、もう、幸せすぎて今が人生の最高潮かもしれない！

六　女の敵は女ですか？

とっても甘い週末から、現実に戻る月曜日。

ちょっとだけ背筋が伸びる思いで職場に行くと、なんだかいつもより部署内がざわついていた。

「おはようございます……」

「あっ、横家さんおはよう！」

吉村さんがにこやかに挨拶《あいさつ》してくれる。

「なんだか今日、いつもよりざわついてますね。なにかあったんですか？」

私がそう尋ねると、吉村さんが嫌そうに眉を寄せて切り出した。

「……人事異動で今日、関西支社から女性の営業担当が戻ってきたの」

「へー、女性で営業やってるなんて凄いじゃないですか。やり手の方なんですか？」

「ん～、やり手っていうかなんていうか……とりあえず私、その女大嫌いなのよね」

「え」

珍しく吉村さんの顔が歪《ゆが》む。こんな吉村さん、初めて見た。

「吉村さんが嫌いだなんて、珍しいですね」

「私、こう見えて好き嫌いは結構はっきりしてるわよ。特にあの女は要注意だからね。まあ、見てれば分かると思うけど。ホント、帰って来なくていいのに、何で戻ってきちゃったかな……」

「はあ……」

吉村さんにこんなふうに言われる女性ってどんな人だろ。

月曜恒例の朝礼で、課長からその女性社員の紹介があった。

「関西支社から来た近藤亜紀《こんどうあき》さんです」

紹介された女性は、ちょっと気の強そうなシャープな顔立ちをしていて、長めのショートカットがよく似合う快活な美人だ。パンツスーツをパリッと着こなし身長も百六十五センチはありそう。何より自信満々なオーラを漂《ただよ》わせている……

「近藤です。こっちに帰ってくるのは五年振りになります。慣れるのにちょっと時間がかかるかもしれませんけど、仲良くやっていきたいと思ってますので、よろしくお願いします！」

ぺこっと頭を下げると周りから拍手が起こった。その後、簡単な連絡があり朝礼が終わる。

「嘘ばっかり……」

席につきながら、吉村さんが非常に不愉快そうな顔でぼそっと呟《つぶや》いた。

吉村さんが、こんなふうに言うのは何故なのか不安になるけど、基本私は笹森さんと課長くらいしか仕事では絡《から》まないからまあいいか。

「あっ、笹森っ!!」

そのとき、突然近藤さんが嬉しそうに声を上げた。

営業部のみんなの視線が一斉に笹森さんに集中する。

笹森さんがいつもの無表情ながら小さく眉を寄せた。

「やーん、笹森元気だったぁ？　もー、ぜんっぜん連絡くれないんだもん、元気でやってるか心配だったよー」

「……お前に心配される筋合いないけど」

「もー、相変わらずクールねっ!!」

近藤さんが親しげに笹森さんに駆け寄って行く。笹森さんは、そんな近藤さんの方を見もせず淡々と書類に目を通していた。

……あれ、私だけかな。笹森さんと近藤さんに温度差が凄くあると思ってしまうのは。

「ねえ、今晩暇？　飲みに行こうよ。せっかくこっち戻って来たんだからどっかいい店連れてって」

そう言って、部署内の女性陣の冷たい視線などものともせず、笹森さんの腕に自分の腕を絡める。

その様子を見ていたら、ちょっと、いやかなりイラッとした。

「……やめろ。仕事中だ」

笹森さんが嫌そうに近藤さんの腕を払いのけると、近藤さんは頬をプウ、と膨《ふく》らませる。そして、「けちー」と笹森さんを軽く睨《にら》んだ。

あの……私だけでしょうか、この人……この人、すっごい腹が立つんですけど……！

知らず知らずパソコンのキーボードを叩く指に力が入った。


「あの女ね、笹森君の同期なのよ」

昼休み。営業部のフロアで弁当を食べながら、吉村さんが小さな声で教えてくれた。

「同期……だからあんなふうに親しげなんですか？」

コンビニで買ったサンドイッチを食べつつ、私の言葉がついきつくなってしまう。

午前中は笹森さんにまとわり付く近藤さんの姿が気にかかり、かなり作業効率が落ちてしまった。

「『私、笹森君と仲良いの』ってとこ見せたいのよ。あの女は昔からあんな感じなの。そのくせ女に対しては自分に媚《こ》びる子にしか優しくしないのよね。あの女が関西に異動になって、ここも平和だったのに……」

吉村さんはこれまた大きなため息をついた。

なんか、いやーな感じだなあ……

「そういえば、彼氏とはどお？」

吉村さんが急に話題転換してきて、ドキッとした。そっと彼女を窺《うかが》うと、にっこにこしながら私の返事を待っている。

う、ど、どこまで話せばいいのかな……

「あの、おかげさまで……」

さすがに恥ずかしいので、細かい部分を省き上手《うま》くいっていることを伝えた。

「……その顔、さては……」

しかし、そんな私の心情を察知したのか、吉村さんがガタンと音を立てて椅子から立ち上がる。

「赤飯!!　赤飯炊かないと!!」

「ちょっ、や、やめてくださいっ！　目立つから座ってくださいっ!!」

周りの目を気にして、私は必死に吉村さんの服を引っ張って座らせた。

「よくやったわ横家さん！　いやー、やっぱり私の目に狂いはなかったわぁ。いろいろあったし、笹森君には幸せになってほしかったのよ」

「あ、それって同期の元カノさんのことですか？　笹森さんのところに、結婚報告の葉書が来てました」

途端にニコニコしていた吉村さんの顔が真顔になり、動きが止まった。

「私のところにもその葉書来たわ。そう彼に聞いたのね？」

「はい。体調崩して実家に帰っちゃったって」

私の気のせいか分からないけど、吉村さんの表情が曇った。

「体調っていうか……」

吉村さんの声が小さくなる。

「付き合っていることをオープンにしていたら、やっかまれて嫌がらせされたのよ」

「え……？」

吉村さんがそのときのことを思い出すように、遠くを見た。

「おとなしい子だったから、積もり積もって精神的に参っちゃったのよね。見ていて可哀想だったわ」

「じゃあ、彼が社内恋愛をしなかったのは……」

「それが原因でしょうね。きっと自分のせいで大切な人が傷つくのはもう嫌なのよ。優しいから」

そうだったのか……でもそんな精神的に参っちゃう嫌がらせって、一体何されたんだろう。

「あの……嫌がらせって……」

「地味なヤツよ、凄く」

やっと分かった笹森さんの過去。本当ならスッキリするはずなのに、胸のつかえが取れないのは、今日やってきたあの人のせいだろうか……

午後になり、笹森さんと仕事の話をしていると、近藤さんが近寄ってきた。

「笹森のアシスタントってあなた？」

そう言って、彼女は私の顔を興味津々《きょうみしんしん》といった様子で覗《のぞ》き込んでくる。

「はい」

「大変でしょ、こいつあんまり喋《しゃべ》らないから」

「まあ、そうですけど。でも仕事は丁寧に教えていただいてます」

「笹森は仕事が大好きだもんね？」

と言って近藤さんは笹森さんの顔を覗き込む。しかし彼は仰《の》け反《ぞ》るようにして近藤さんから距離をとった。

親しげな近藤さんに対して、笹森さんはいつも以上に愛想が悪いような気がする。むしろ苦手っぽい。

「ねえ、笹森。ちょっと分かんないことあるから教えてよ」

近藤さんが笹森さんの腕をぐいぐい引っ張り、自分の席へ連れて行こうとする。すると、笹森さんは露骨に嫌な顔をした。

「俺、今忙しいんだけど」

「すぐ済むから!!　ねっ？」

笹森さんはちらりと私の顔を見ると、声を出さずに「ごめん」と言って、近藤さんに引っ張られて行った。その後も近藤さんはことあるごとにやって来ては、笹森さんにちょっかいを出し続けた。

さすがにこんなの見せられちゃうと……うーんなんだろ。イライラするぞ。

近藤さんの、まるで笹森さんは自分のものみたいなあの態度……たった一日で、吉村さんが大嫌いと言っていた気持ちが分かってしまった。

仕事を終えて自分のアパートに帰った私は、気分転換のため久しぶりに株価のチェックをする。

このところいろいろなことがありすぎて、株はやや放置気味だった。ネット証券のチャートをチェックすると、持っている株のいくつかが含み損を出している。含み損とは、購入したときより株単価が下がってしまい、このまま売却すると損をしてしまう状態のことだ。

「あちゃー……」

どう対応しようか考えていると、不意に呼び鈴が鳴った。

玄関に行き、覗《のぞ》き穴から外を見るとスーツ姿の笹森さんがいる。私は慌《あわ》てて、ドアを開けた。

「笹森さん！　どうしたんですか？」

「どうしたって、会いたくなったから来ただけだけど」

笹森さんの言葉に赤くなる。

最近の笹森さんは、こういったことをさらっと言うようになった。彼氏って、彼女にこういうことを平気で言うものなのだろうか？

なんか凄く照れるんですけど……

「夕飯食った？」

「いえ、さっき帰ってきたばっかりなので、これからですけど」

「これ。一緒に食べない？」

笹森さんが掲げたのは、有名な高級焼き肉店のお弁当!!

「た、食べます食べますーーっ!!」

「ぷっ……飢えた雛鳥《ひなどり》みてえ……」

興奮する私にウケる笹森さん。

楽しそうに笑っている彼を、「どうぞ」と部屋に招き入れた。

色んなものがのっているテーブルの上を片づけてから、お茶を淹《い》れて二人でお弁当を食べ始めた。

「んっまあああい……お肉がやわらかあああい……幸せ……」

うっとりする私を見ながら微笑む笹森さんは、まるでお父さんのようだ。

「お前、普段肉食べたりしないの？」

「食べますけど、コンビニのお弁当か近所のお肉屋さんの牛肉コロッケくらいかな」

「それは俺の言う肉ではない」

笹森さんが力一杯否定した。

「だって一人で食事に行ったって楽しくないんですもん。やっぱり誰かと食べた方が美《お》味《い》しいし」

「聞いていいのか分からないんだが、お前、友達は……？」

笹森さんが聞きにくそうに尋ねてきた。

「失敬な……少ないけどちゃんといますよ。ただ、みんなもう結婚して子供がいるんで、夜は出かけられないんですよね～。会社の同期も結構辞めちゃったし、残ってる人も忙しい部署だと声かけづらくて、疎遠になっちゃうんですよ」

「まあ、女性は結婚するとなかなか夜出られないって言うもんな……」

「忙しそうですよ、子供の世話と旦那さんの食事の支度で夕方からは戦争みたいだって」

「そうか、大変だな」

「本当に。でも毎日充実してて、幸せそうですよ」

そうなんだよね～。そんな友達の近況を聞いたときに結婚っていいなぁって思ったっけ。あのときは自分にはまだまだ先のことだ、なんて思って聞き流してたんだけど。

こうやって彼氏ができた今となっては、私にもいつかそういう未来が来るのかな……なんて考えてしまう。

お弁当を食べ終えて、二人でお茶を飲みながらテレビを観る。時間もだいぶ遅くなりつつあるのに、こんなにゆっくりしていていいんだろうか。心配になって声をかける。

「あの、笹森さん。そろそろ帰らなくていいんですか？」

「んー……そうだな」

いつになく笹森さんがダラダラしている……

「未散」

「――？　はい」

「近藤のことだけど」

その名前にドキッとする。

「あいつ昔からあんな感じで引っ付いてくるんだけど、それでもし嫌な思いしてたらすぐ言ってくれ」

　笹森さんが真面目な顔で、じっと私を見つめてそう言った。

「はい……」

　もしかして笹森さん、これを言うためにわざわざ寄ってくれたのかな。私のことを心配して……

「……私のことより、笹森さんの方が大変じゃないですか？」

「え？　俺？」

「どう見ても近藤さんのこと苦手みたいだし」

「あー……周りにも分かるもんなんだな」

　笹森さんがばつが悪そうに頭をポリポリ掻いた。

「だって温度差ありすぎですもん」

　昼間、滅茶苦茶《めちゃくちゃ》嫌悪感を出していた笹森さんのことを思い出して笑ってしまった。

「未散」

　笑顔の笹森さんに急にぎゅっと抱き締められる。

「……笹森さん」

「また週末、家に来て」

「いいんですか？」

「もちろん」

しばらく抱き合ったまま、会話はなかったけど心がほっこりした。

あっ、これがいわゆるチャージってやつかも。

彼氏の存在って凄いな……こんなこともできちゃうんだ。

ああ、幸せ。


近藤さんが異動になってきてから三日が過ぎた。

彼女は相変わらず社内にいるときは笹森さんの近くにいて、他の女子を近寄らせない。

そのせいなのか、笹森さんは外出を増やしたようで、ほとんど顔を合わせることができなくなってしまった。

あーあ。せっかく同じ部署にいるのになぁー。

近藤さんはといえば、笹森さんがいないとなると別の男性社員と仲良さげに喋《しゃべ》っていたりする。アナタ自分の仕事はどうしたの？　さっさと外回り行ってきなよ！　なんて思ってしまう。

……ああもう、イライラしても仕方ない。気分転換にコーヒーでも淹《い》れてこよう。

私は席を立って、給湯室へ向かった。そこで、まさかの近藤さんに遭遇。

一気にテンションが下がり、さりげなく通り過ぎようとしたら、すかさず近藤さんに

「ねえ！」と呼び止められてしまった。

「横家さんだっけ？　いいとこに来た。ねぇ、緑茶ってどこにあるの？」

一人で探しまくったようで、給湯室の扉という扉が全て開け放たれている。

「……この冷蔵庫の上にのってる茶筒がそうです」

茶筒を手に取り、近藤さんに渡した。

「あ、なーんだ。そこにあったんだ。ありがと」

近藤さんはきゅぽんと茶筒の蓋《ふた》を開けながら、ニコリと微笑んだ。

「いえ」

特に話すこともないので、自分のマグカップにコーヒーを淹れ給湯室から出ようとした。

「ねえ」

再び話しかけられて振り向くと、近藤さんはこっちを見ずにお茶を淹れている。

「横家さんって、笹森と噂になってるんだってね」

「……なんかそうみたいですね」

「付き合ってるわけじゃないのよね？」

本当のことが言えないのは悔しいけど、ここでバラすわけにはいかない。

「……はい」

コポコポと音を立てながら湯呑みに緑茶が注《つ》がれる。

「私、入社したときから笹森が好きなの」

「……見てれば、なんとなく分かります」

「でも笹森は別の同期の子と付き合い出しちゃったのよね。でも、好きで好きで諦めきれなかったの。一年くらいで笹森とその子が別れて、私にもようやくチャンスがきたって思ったのに、異動になっちゃった。だけど、関西にいる間もずっと笹森のこと想ってたの」

……それを何故私に言うんだろう。

「長い片思いですね」

「ふふ、そうね。またこっちに帰って来られて、今度こそと思ってたのに、笹森、昔より私に冷たいんだよね……それに」

近藤さんがちらりと私を見る。

「笹森の側《そば》にはあなたがいた。あなたといると雰囲気が違うの。五年会ってなくてもそれだけは分かる。私といても、笹森はあんな優しい目はしない」

「……気のせいじゃないですか」

そんな目してたっけ、と私を見つめる笹森さんの目を思い出していたら、目の前にいる近藤さんの目つきが急に鋭くなった。

「絶対に笹森は渡さないから！」

そう言って、私を睨《にら》みつけると、トレイに緑茶をのせて近藤さんは出て行った。

こ……怖っ！　超怖いんですけど!!

近藤さんの豹変《ひょうへん》ぶりを見て、さすがの私も今後に一抹《いちまつ》の不安を感じた……


翌朝会社で久しぶりに笹森さんに会えた。

「笹森さん、おはようございます。なんか、こうして話すの久し振りですね」

「……だな」

こうして笹森さんとゆっくり顔を合わせる機会が少ないので、会ったときには確認事項を一気に伝えることにしていた。

私のデスクの前で、二人して立ったまま、必要事項を確認していく。ひと通り終わらせた後、他にも何か伝えることがなかったかと、中腰で机のメモをチェックしていたら、横家、と名を呼ばれ反射的に顔を上げた。

「ハイ？」

「可愛い」

「っ!!」

不意に屈《かが》みこんできた笹森さんに間近でそんなことを言われたもんだから、一気に頬が熱くなってしまう。そこでハッとして周りを見回した。みんな忙しくしていて、気づいていない。思わずほっと胸を撫で下ろした。安心したと同時に、恥ずかしさが込み上げる。

「さっ、笹森さん!!」

つい非難するような声を上げると、笹森さんはフッと笑みを浮かべて自分の席に戻って行った。

はあ、もう。びっくりした。熱くなった頬に手を当てて席に着くと、前方から痛いほどの視線を感じる。

嫌な予感……。

ちらりと見れば、近藤さんがこちらを睨《にら》み付けていた。

あからさまな敵意に若干腰が引ける。だが、そんな彼女の視線に気づかないふりをして仕事に取りかかった。

昨日の給湯室のあれは、どう考えても宣戦布告《せんせんふこく》だよね……。

でも渡さないって言われても、近藤さんが勝手にそう言ってるだけで、そこに笹森さんの意思はないじゃない？

それって結局、笹森さんの気持ちはこれっぽっちも考えてないってことでしょ。どんなに相手のことが好きだってそんなの愛じゃないよ。

愛っていうのはさ、もっと相手の立場になって相手の気持ちを考えて行動するもんなんじゃないかな……って恋愛経験がほとんどない私が言うのもどうかと思うけど。

でも、これから毎日近藤さんの視線を気にして仕事するって、やりづらいよなあ……

翌日、そんなことを考えながら出社した私は、何気なくデスクの引き出しを開ける。

すると引き出しの中に、何やら見慣れぬ紙切れが入っていた。

「……何これ？」

取り出してみると、そこには「ブス」と一言書かれていた。

なんじゃこれ。思わず眉を寄せる。

私の机の中にあるってことは、私宛ってことだよね？　……ブスって、小学生か……

とりあえず無視しておこう。

しかしそれから毎日、必ずこのメモが引き出しの中に入るようになった。

ここまでくると、さすがに誰かの悪意を感じずにはいられない。

誰かに相談しようかと考えたけど、たぶん犯人は近藤さんだろう。私は、溜まってきたメモを、全部まとめてクリップに挟む。

そして、気が済むまでやらせてやろうと思った。

ところがある日、出勤して引き出しを開けようとするとぴくりとも動かない。

あれ、なんで？　昨日鍵かけたっけ？

そう思って、鍵穴に鍵を差して回してみるが、鍵はかかっていなかった。ならば何か引っかかっているのだろうかと、今度は力を入れて引いてみる。

「ふ、ぬ――――っ!!」

しかし、どんなに引っ張っても、ぴったりくっついたように動かなかった。

ちょっとぉ、なんでー!?

意地になって何度も引き出しを力任せに引くけど、やっぱり動かない。

「横家さんどうしたの？」

机の前で途方に暮れていたら、出社してきた吉村さんが近づいてきた。

「引き出しが開かないんです」

「引き出し？」

私に代わって、吉村さんが引き出しを引いても、全く動かない。

「これは……どうしたもんかしらね……」

吉村さんも困り顔だ。

「……横家さん、何してるんです？」

そのとき、ヒョッコリ三上君が顔を出した。

私が警戒心を丸出しにしていたからか、最近彼は以前ほど迫《せま》ってこなくなっていた。

だからだろうか、私は三上君と以前のように普通に話すことができている。

「なんでか分からないんだけど、引き出しが開かないの」

現状を説明すると、三上君がこちらへ歩いてきた。

「見せてください」

私と吉村さんは、三上君が見やすいよう場所を空ける。彼は引き出しに顔を近づけて、隙間から中を覗《のぞ》いたり、揺すってみたりする。

「……瞬間接着剤……」

そうして、ぽつりと三上君が呟《つぶや》いた。

「えっ？」

立ち上がった彼は、眉を寄せて窺《うかが》うように私を見てくる。

「たぶんですけど、瞬間接着剤で引き出しを固めてあるっぽいです……」

「はああー!?」

「横家さん、今除光液持ってます？」

「私は持ってないけど、美香ちゃんなら持ってるかも……。借りてくるっ」

ひとまず私は、総務のあるフロアに行き、美香ちゃんに除光液を借りて、三上君に渡した。

「瞬間接着剤の主成分は有機化合物のシアノアクリレートです。この液体は空気中の水分に反応して固体へと変化します。ですが、その接着部分はアセトンで剥離《はくり》することができるんです。アセトンの化学式はC_3H_6Oで……」

「……ごめん。さっぱり分からない……」

「つ、つまりですね、除光液にはアセトンが含まれているので、接着剤を剥《は》がすことができるんです」

三上君が机を横にして、引き出しの隙間に除光液を垂《た》らしていく。そしてしばらく待って、もう一度引き出しを引っ張った。

「あ、柔らかくなってきましたね。ここに針金を刺して……」

そう言って、彼は安全ピンの針を伸ばして引き出しの隙間に入れていく。

すると、ガコン！　と引き出しが動いた。

「やったー!!」

思わず吉村さんと手を握って喜び合う。

「三上君凄いわ！　お手柄よ!!　それにしたって、接着剤の成分とかやけに詳しいわね」

賞賛を受け、三上君が照れたように頭を掻く。

「自分、理工学部出身なんで……」

「……なんで営業やってるの？」

「成り行き……ですかね」

そんな吉村さんと三上君の会話を聞いているうちに、ふつふつと怒りが湧き上がってくる。そんな私に、三上君が複雑そうな表情で向き直った。

「横家さん、これは誰かが故意にやったものですね……」

三上君の言葉に、吉村さんの表情がいつになく真剣なものに変わる。

「ねえ、横家さん……なんでこんなことになってるの？　まさかとは思うけど……」

吉村さんが心配そうに尋ねてくるので、引き出しからクリップに挟んだブスと書かれたメモの束を取り出した。

「な、何これっ!!」

「……誰がこんな……」

横にいた三上君も、メモを覗《のぞ》き込んで顔をしかめる。

「大体誰がやっているかは分かってるんです。でもこれで挑発に乗ったら相手の思うつぼだから、ほっといてるんですけど」

「もしかして……あいつ？」

「だと思いますよ。この前宣戦布告《せんせんふこく》されましたから」

見る見るうちに吉村さんの表情が鬼の形相《ぎょうそう》に変わる。

「あいつ……今度こそ、ぜってー許さない！」

「えっ？　なんですか？　あいつって誰のことです？」

一人会話に付いていてこれない三上君が、焦ったように私達に問いかける。

「三上君、ごめん。大ごとにしたくないから今は詳しく言えないのよ」

そう言う吉村さんに、三上君は納得いかない様子で詰め寄っていった。

「……でも、嫌がらせされてるの横家さんですよね？　自分、気になっている女性がこんなことされているのに無視なんてできません」

一歩も引く気のなさそうな三上君は、吉村さんを真剣に見つめる。

吉村さんは問うように、私を見た。

こうなってしまうと、彼だけ蚊帳《かや》の外というわけにはいかないかもしれない。私が小さく頷《うなず》くと、吉村さんがそれぞれの顔を見ながら口を開いた。

「……しょうがない。三上君、今日横家さんと三人でランチに行くわよ」

そう言われた途端、三上君の表情が明るくなった。

笹森さんごめんなさい。でも今回は事情が事情だから、許して。

そうして昼休み、三上君と吉村さんと以前一緒に来たイタリアンレストランへやって来た。

それぞれ注文を済ませると、私は意を決して笹森さんとお付き合いしていることを三上君に打ち明ける。

「えっ⁉　じゃあ横家さんの彼氏って、笹森さんなんですか⁉」

「はい……」

さすがに真っ直ぐ三上君の顔が見られなくて、頷きつつ下を向いた。

三上君は茫然《ぼうぜん》としていたが、しばらくすると項垂《うなだ》れて頭を抱えてしまう。

「さ、笹森さんかぁ〜……笹森さんじゃな〜……」

「まあまあ三上君、元気をお出し」

私と向かい合う三上君の背中を、その隣に座る吉村さんが元気づけるようにポンポン叩く。

運ばれてきたランチメニューのサラダを食べながら、三上君はハアー、と大きく息を吐いた。

「落ち込みますよ……自分にとって笹森さんは憧れの存在ですから。格好良くて、仕事もできて、人間もできてるなんて、完璧でしょ。そんな人に勝てるわけがないじゃないですか」

三上君からは笹森さんがそんなふうに見えてるんだ。

思いがけず自分の彼氏を褒《ほ》められて、顔が緩《ゆる》むのを止められない。

「横家さん、顔がニヤけてますよ」

そんな私を見た三上君がため息をつく。だが、すぐ気を取り直したように私達の方に向き直ると、口を開いた。

「……じゃあ、近藤さんが嫌がらせを？」

「やったのを見たわけじゃないけど、他に思い当たらないし……」

確信を持てないままそう言うと、吉村さんは大きく頷《うなず》いた。

「間違いないわよ。あの女、前も笹森君の元カノに嫌がらせしてたし」

「本当ですか⁉」

「あのときは、証拠が掴《つか》めなかったけど、今度こそはっきりさせてやるわ」

並々ならぬ意欲を見せる吉村さんは、三上君の方を向いた。

「三上君、近藤さんって夜は遅くまでいるの？」

「いえ、大体十九時くらいには帰りますね。ここ最近は……笹森さんと一緒に……」

三上君が私の顔を窺《うかが》いながら少し答えにくそうに教えてくれた。その事実に、サラダを食べていた、私の手が止まる。

「一緒に帰ってるんだ……」

そんなことちっとも知らなかった。ちょっと胸の辺りがチクリとする。けど、笹森さんの本意ではないはずだから、気にするなと自分に言い聞かせた。

すると私に気を遣ってか、三上君がすかさずフォローしてくれる。

「笹森さんは嫌がってましたよ。でも近藤さんが無理矢理ついて行ってるんです」

「大丈夫大丈夫、気にしてないよ」

三上君と吉村さんに心配かけないように、精一杯笑ってみせた。

「自分にできることがあったら、なんでも言ってくださいね」

三上君が身を乗り出して、そう言ってくれる。

「ありがとう……三上君」

私、結果的に三上君のことフッたことになるのに、こんなふうに言ってもらえて嬉しく思った。

「とりあえず、私明日から早めに出社してみるわ。何かするとすればやっぱり朝でしょ」

「すみません、吉村さん……私も早く来るようにします」

会社に戻り、仕事を始めようとパソコンを立ち上げる。午前中にやっていた作業の続きをするべく、データを保存したフォルダをクリックするが……あれ……ない？

途中まで作っていた会議の資料がどこにも見当たらない。

思わぬ事態に顔面蒼白になる。

まさかとは思うけど……これもなの？　こ、ここまでする？

ブスって書かれたり、接着剤で引き出しをくっつけられるくらいならまだいいよ。でも仕事に支障を来《きた》すようなことまでやるなんて……

思わず机に突っ伏した。

ああ……笹森さんの元カノさん、こんな仕打ちを受け続けて参っちゃったのかな。

ちょっと気持ちが分かるかも。

……しかし、落ち込んでも仕方ない。ここで落ち込んだら負けだ。

私は顔を上げると、再びパソコンに向き直る。すると視線の先にいる近藤さんと目が合った。その顔は楽しげに笑っている。

その瞬間、感情を抑えきれなくてキッと睨《にら》んでやったら、プイと目を逸《そ》らされた。

はぁ、仕事しよ……

そんなことがあったせいで、私にしては珍しく定時から二時間ほど過ぎてやっと仕事を終えた。

あー、肩凝《こ》ったなぁ……とゴキゴキと肩と首を鳴らしながら部署を出ると、ちょうど笹森さんが通路の向こうからやって来るところだった。

私の姿を見つけて驚いたように駆けてくる。

「横家？　珍しいなこの時間に会社にいるなんて。何か問題でもあった？」

あったといえば、あったんですけどね。でもそんなことは言えないので、笑って誤魔化《ごまか》すことにした。

「いえ……なかなか仕事が終わらなくて」

すると笹森さんがスッと身を屈《かが》めて、耳元で囁《ささや》いた。

「外で待ってて。すぐ行く」

「っ！」

ゾクゾクするような低い声で囁かれ、思わず首をすくめる。

笹森さんは微《かす》かに笑うと、そのまま横を通り過ぎて部署に戻って行った。み、耳元で聞く笹森さんの声は、ゾクゾクしてヤバイです……

言われた通り会社の外で待っていたら、笹森さんが走ってきた。

「悪い、待たせた」

「いえ……ふふっ。なんか付き合い出した頃もこんなことありましたね」

「ああ、そういえば。フカヒレのときか」

なんだか懐かしいなぁと思っていたら、笹森さんがせっかくだから何か食べて帰ろうと言ってくれた。

「今日は軽いものがいいです」

「珍しいな」

「久しぶりに残業したから、ちょっと疲れてしまいまして」

了解、と笹森さんが連れてきてくれたのは、会社から少し歩いたところにあるスープ専門店。

人気があるのか、店内は女性客で賑《にぎ》わっていた。

「会社の側《そば》に、こんなところがあったんですねぇ」

「ここテイクアウトもできるから、外回りの後たまに買って帰るんだ」

たくさんあるスープの中から、もの凄く悩んだ結果ポトフを選んだ。笹森さんはビーフシチューにパンをつけている。

「美味《おい》しい！　野菜が柔らかいし、味が優しい……」

「ビーフシチューも旨《うま》いよ。肉が柔らかい。食うか？」

そう言って、笹森さんが自分の皿を私の前に差し出してくれる。せっかくなのでビーフシチューも一口もらう。うん、美味しい～。お肉が口の中でホロホロ崩れていく。温かいスープが、疲れた心を落ち着かせてくれた。

「大丈夫か？」

ほっと表情を緩《ゆる》めた私に、笹森さんがそんなことを言ってきたので驚いて顔を上げる。私を見つめる笹森さんの表情が、心なしか暗く見えた。

「はい？　何がですか？」

「お前、何かされてるんじゃないか？　嫌がらせとか」

「……えっ⁉」

動揺した私の様子に笹森さんは確信を強めたのだろう。伏し目がちに話す。

「近藤がさ……自分と付き合ってくれないなら、あなたの大事な人が痛い目に遭《あ》うって言ってきた。たぶんお前のこと勘付いてるんだと思う……」

「なっ！」

近藤さんったら笹森さんにそんなことをっ⁉

こうなったら全部話すしかないと、笹森さんを真剣に見つめた。

「笹森さん、報告があります」

「何だ？」

「三上君にお付き合いしていることを話しました」

私の様子が変わったことを敏感に察した笹森さんが、先を促《うなが》す。

「何があった？」

「今日ちょっと、机に細工されまして。で、たまたま居合わせた三上君に助けてもらったんです。それで事情を話すことになっちゃって……」

「……そうか。で、細工と事情ってのはなんだ？」

「机の引き出しを瞬間接着剤で固められました。少し前から悪口の書かれたメモが机に入ってたんですけど、それを無視してたからだと思います」

笹森さんは口をあんぐりと開け、唖然《あぜん》とした。

「すげーこと考え付くな……」

「笹森さん、脅《おど》しに屈しないでくださいね？」

「未散？」

「私、大丈夫ですから。吉村さんも三上君もいますし」

「三上ってのが気に食わないけど」

「三上君とはこれからも何もないですよ」

きっぱり断言すると、笹森さんが無言で私の頭にポン、と手を置いた。

「近いうちに必ずカタをつけるから。もう少しだけ待っててくれ。こんなこと二度もされてたまるか」

「二度……」

「前は、気づいたときには手遅れだった。俺は何もできなかったんだ」

後悔を滲《にじ》ませる笹森さんを見て、胸が痛くなった。

店を出て、私のアパートまで送ってもらった。

「どうしようもなくなったらすぐ言えよ？　こうなったら社内でむやみに接触しないとか、言ってる場合じゃないからな」

「はい。分かりました」

「……大丈夫、何があっても俺がお前を守るよ」

「笹森さん……」

そんなこと言われたら、私どんなことにも耐えられそうな気がしてきた。私には笹森さんがついてるんだもの、負けてらんない！

会話が途切れ、沈黙が訪れた。このとき珍しく私の中である欲求が芽生えた。

「笹森さん、ちょっと屈《かが》んでもらえますか？」

「ん？　こう？」

笹森さんが少し前屈みになる。私はすかさず笹森さんの肩に手を掛けると、背伸びをして笹森さんの唇に自分の唇を押し付けた。

「っ!!」

笹森さんはいきなりの行動に驚いたのだろう、肩が震えるのが分かった。

唇を離して目を開けると、目をぱっちり開けたままの笹森さんがいて、少し笑ってしまう。

「た、たまには自分から行くのも、アリ、かな……と……」

「全然アリ、だな」

そう言った笹森さんに手を引かれ、私の体はあっという間に彼の腕に包まれる。そして笹森さんは素早く私の後頭部に手を添えると、凄い勢いでキスしてきた。

「んっ……」

角度を変え、深く入り込んでくる笹森さんの舌に、驚きつつ必死で応える。

キスを終えて、彼は私をギュッと抱き締めると、「びっくりした」と言って笑ってくれた。

そして私の背中を優しく撫でながら、「……ヤバイ」と呟《つぶや》くと、私の体をぐいっと引き離す。

「これ以上何かすると家に上がり込んで襲っちゃいそうだから、大人しく帰るわ」

笹森さんはそう言って名残惜《なごり》しそうに手を離した。

本当は、私ももっとくっついていたかったんだけど。

「じゃあ、おやすみ」

「おやすみなさい」

笹森さんを見送りながら、さて明日からは何が待ち受けているのかなあ、とぼんやり思う。でも、さっきの驚いた笹森さんの表情を思い出したら、何も怖くなかった。

翌朝、私はいつもより一時間ほど早く出勤した。さすがにこの時間だと社員はポツポツいる程度で、社内は閑散《かんさん》としている。

さて、犯人は現れるかな……と思いながら営業部のフロアへ行くと、私のデスクの周りに怪しい人影が……

――さっそく犯人と遭遇ですか⁉

「ちょっと‼ そこで何してるんです⁉」

私の声に驚いたのか、怪しい人がその場でしゃがみこんだ。私は急いで駆けて行き、その顔を確認する。

「……権田《ごんだ》さん？」

私のデスクの前でしゃがみこんでいたのは、同じ営業部でアシスタントをしている権田潤子《じゅんこ》さんだった。

確か彼女も笹森さんの同期で、たまに笹森さんと会話していたのを見たことがある。とても大人しい人で、私は挨拶《あいさつ》くらいしかしたことがないんだけど……

「おはよう。あら、横家さん早いわね～。ん？　権田さん？　どうしたのそんなところにしゃがみ込んで」

ちょうどいいタイミングで吉村さんが出勤してきたので事情を話すと、彼女も驚いた様子で権田さんに視線を移した。

「なんで権田さんが？」

「分かりません……。あの、権田さん。ここで一体何をしていたんですか？」

とりあえず話を聞こうと権田さんの顔を覗《のぞ》き込むと、みるみる彼女の目が潤《うる》んではらはらと涙を零《こぼ》した。

「ごめんなさい……こんなことやりたくなかったんだけど、亜紀にやれって言われて仕方なく……」

「亜紀？」

「近藤よ」

あ、そういえばそんな名前だった。

ぽつぽつ社員が出社してきたので、場所を自動販売機が置いてある休憩スペースに移し、改めて私と吉村さんは権田さんに事情を尋ねた。

「でも……どうして権田さんがそんなことを?」

なにか、近藤さんの言うことを断れない理由でもあるのだろうか……

疑問に思って権田さんに尋ねると、ベンチに腰掛けた彼女は観念したようにひとつ息をつくと、ぽつぽつと話し始めた。

「入社して一年目に幾つか仕事でミスしたのを亜紀に庇《かば》ってもらったの。最初は親切な人だと思ってたんだけど、それから何かと小間使いのように扱われるようになって……。そんなある日、笹森君が好きだから協力しろって亜紀に言われたわ。でもその頃、笹森君は別の子と付き合い始めてて、そんなことできないって断ったの。そうしたら、誰のおかげで会社に残れてると思ってるのよってキレられて……。私、怖くて逆らえなくて、亜紀の言う通りにしていたら、大変なことになっちゃって……」

権田さんの目に再び涙が溢《あふ》れる。

「二人が別れたって聞いて、後悔しない日はなかったわ。でも、急な異動で亜紀が関西支社に行くと決まって、やっと解放されたと思ったの。なのに……。亜紀は笹森君に彼女ができないように見張ってろって言ってきた。自分のいない間に笹森君に女が寄ってきたら、わざと噂を流してその子が女子社員の反感を買うようにしろって……」

あ。じゃあ、私と笹森さんとの噂も、権田さんが流したってことか……

「関西に行ってまで指示するとは、しぶといわねえ～」

「敵ながらあっぱれですね……」

近藤さんの分かりやすい悪役っぷりに、吉村さんも私も感心して頷《うなず》いた。そしてついでに気になることを権田さんに尋ねた。

「あの、私の引き出しに接着剤で固めたのも権田さんが？」

「いえ、あれは亜紀が……面白いじゃんって……あと、パソコンのデータを消したのも……お昼休みにみんながいないときに。本当にごめんなさい」

やっぱりか。油断も隙もないなぁ。

「横家さんいい人だし、あんな楽しそうな笹森君って久し振りに見たから、こんなこと意味ないって止めたんだけど……笹森君は絶対私がモノにするからって」

「笹森君に異常なまでの執着があるようね」

吉村さんが冷たい目で言い放った。

「近藤さんには、笹森さんをモノにする自信があるってことですか？」

あれだけ嫌がられているのに、どうやってモノにするつもりなのか気になって尋ねてみた。まさか、おかしな方法じゃないよね……

「……まあ、あるんでしょうね……。学生時代はミスコンの常連だったみたいだし、とにかく目立ちたがりやで、プライドが高いの。だから、自分が言い寄って断る人はいないと思っているところがあって」

私の質問に、権田さんが疲れたように苦笑する。

「そんな大した顔じゃないのにね～」

すかさず吉村さんが毒を吐き、ほほほと笑った。

二人を見ながら私はふと考えた。

そんな人が、私への嫌がらせを止めた権田さんを放っておくだろうか。下手《へた》をしたら、近藤さんの怒りの矛先《ほこさき》は権田さんへ向いてしまうかもしれない。それは避けないといけない。となると……

「分かりました。権田さんは今まで通り、私に嫌がらせしてください」

「えっ。何言ってるの横家さん？」

吉村さんが驚いて私に視線を向けた。

「さすがにパソコンのデータ消すのは勘弁してもらいたいですけど……ブスっていうメモくらいなら大したことないですし」

あはは、と笑顔を作ってみせる。

「横家さん……」

権田さんは言葉もなく、目を潤《うる》ませる。そんな私達を見て、吉村さんは呆れたようにため息をついた。

「まったく、横家さんはお人好しなんだから。でもまあ、確かにここで止めたら権田さんが責められちゃうか」

「はい。それに、実行犯がはっきりしてすっきりしましたよ。後はどうするかな……やっぱり直接近藤さんと話した方がいいですかね?」

「それは俺がやるから、お前は何もしなくていい」

そのとき、ここにいるはずのない人の声がした。声のした方を見ると、笹森さんが腕を組んで休憩スペースに近い廊下の壁に凭《もた》れていた。

「笹森さん!」

「さっ、笹森君!!」

笹森さんを見た権田さんが、弾《はじ》かれたように立ち上がった。

「笹森君ごめんなさいごめんなさい!!」

権田さんは体に顔が付きそうなくらい頭を下げて、笹森さんに謝っている。彼は、そんな彼女に歩み寄ると静かに声をかけた。

「頭を上げろ。やってたことは褒《ほ》められないが、お前だって被害者みてーなもんだろ」

そう言って権田さんの肩に優しく手をのせる。

「笹森く……本当にごめんなさい……真知子《まちこ》のことも……」

……真知子？

「いいよ。今はもう結婚して、幸せになってるし」

真知子さんって、笹森さんの元カノさんか。

「俺がもっと早く近藤にきっぱり言えばよかったんだよな……全部俺のせいだ」

そう言った笹森さんは、何かを決意したような表情だった。

「笹森君、大丈夫？　なんなら私も一緒に行こうか？」

吉村さんが心配そうに言ったけど、笹森さんは大丈夫ですよ、と微笑んだ。

「笹森さん、いつもこんなに早く会社に来るんですか？」

「んなわけないだろ。昨日お前の話聞いて、気になったから早く来てみたんだよ」

「……心配してくれたんですか？」

一瞬ムッとした笹森さんは、当たり前だろっ！　と私の髪をわしゃわしゃと掻き乱した。

「わっ、やめてー!!」

やめてと言いつつ、嬉しくて頬が緩《ゆる》んで仕方ない。

始業時間が近づいてきたので、ここで一旦話を終わらせた。権田さんは席に着くまで、何度も何度も私や笹森さんに頭を下げていたのだった。

お昼休みになり、席でコンビニで買ったおにぎりを食べていた私に、吉村さんが声をかけてきた。

「お昼中にごめん！　ちょっとお願いごときいてもらっていい？」

珍しく慌《あわ》てた様子の吉村さんに、食事の手を止めて頷《うなず》いた。

「はい。なんですか」

「ホントごめんね、横家さん。午後一番の会議で使う資料を、第二会議室に持って行ってセッティングしてもらってもいいかな？　私、そのこと忘れてて、今課長から急ぎのお使い頼まれちゃって」

「いいですよー、第二ですね」

私は、吉村さんから資料を受け取ると、第二会議室に向かった。資料を並べ、これでよし、と会議室を出ようとしたところで、ドアの向こうから近づいてくる話し声が聞こえてきた。

ん……？

この声は……笹森さん？　そしてもう一人の声は……近藤さんだ！

──な、なんで二人が⁉

動揺した私は、隠れる必要もないのに何故か会議室の隅《すみ》にある給湯室に逃げこんでしまった。それと同時に会議室のドアが開き、二人が中に入ってきた。

わわっ、咄嗟《とっさ》に隠れちゃったけど……冷静に考えると、この狭いスペースに隠れている私、かなり怪しくない？

そう思いながらも、じっと二人の会話に耳を澄ます。

「……何よ話って。こんなとこまで連れてきて。……あ、もしかしてやっと私と付き合う気になった？」

笑顔で笹森さんの顔を覗《のぞ》き込む近藤さんは、なんだか嬉しそうだ。笹森さんはそんな彼女を見てもまったく表情を変えず淡々と言った。

「お前、横家に嫌がらせしてるだろ」

途端に近藤さんが顔をしかめ、そっぽを向く。

「……何よそれ。知らないわよそんなの」

「権田から全部聞いた。お前に言われて横家に嫌がらせしてたって」

近藤さんは舌打ちせんばかりに表情を歪《ゆが》めた。

「潤子ったら余計なことを……」

「なんで横家に嫌がらせするんだ」

「だって笹森と仲良いんだもの。悔しいじゃない、あんな地味な子に私が負けてるみたいで。笹森に近づく女には容赦《ようしゃ》しないわ。これからもね」

そう言って近藤さんは、笹森さんに向かって挑戦的に笑った。

そんな恐ろしいことを笑顔で言ってのける近藤さんは実に恐ろしい。とはいえ、地味で悪かったな。

「昔、真知子に嫌がらせしてたのもお前だってな？」

笹森さんは静かに問い続ける。

「だって笹森を好きになったのは私が先だったのに、真知子ったら裏切ったんだもの。応援してくれるって言ったのに、あっさり自分が笹森と付き合うなんて酷《ひど》いじゃない。そんなの絶対許せなかった」

全く悪びれる様子もなく、近藤さんはそう言ってのけた。

凄いな……この人。自分に非があるとか、友達を思う、とか、そういった考えは全くないんだ。

「そんなの真知子のせいじゃないだろう。俺が真知子を好きになったんだから」

さすがにちょっとムッとしたのか、笹森さんが眉根を寄せ近藤さんに反論する。

「私が笹森を好きなの知ってるんだから、断ればよかったじゃない！　そうしなかった真知子がいけないのよ」

「お前は自分さえ良ければそれでいいのか？」

笹森さんが呆れたように近藤さんに問う。

「そうよ。それの何がいけないの？」

ケロッとそんなことを言う近藤さんの思考が、私にはとても理解できなかった。

「お前さあ……俺のどこがいいわけ？」

私と同じことを思ったらしい笹森さんがため息をつき、そんなことを聞く。

「決まってるじゃん、なんといってもクールなところよ。それに、笹森ほどイケメンでスタイルもよくて仕事もできる男なんて、そうそういないわ!!」

嬉々《きき》として笹森さんのいいところを挙げていく近藤さんに苛立《いらだ》ちが募《つの》った。彼の表面しか見ていないような人に笹森さんを語ってほしくない。

私が、部屋の片隅《かたすみ》で怒りに体を震わせていると、笹森さんが顔を歪《ゆが》めて嘲笑《あざわら》った。

「近藤が見てるの外側だけじゃん。お前が俺の何を知ってるわけ？」

「何って、それで十分じゃない」

「大体、お前が思ってるような男じゃないよ、俺は」

「……どういう意味よ」

「俺さぁ、全然クールなんかじゃないぜ。彼女ができれば嫉妬《しっと》するし、束縛もする。家ではイチャイチャしたいし、頭の中はいつも彼女を使って妄想してる」

「……え……」

……さ、笹森さん、私で妄想してるんですか⁉

一瞬言葉を失った近藤さんだが、すぐに気を取り直し強気な笑みを浮かべた。

「それくらい、なんてことないわよ!!」

「じゃあさ、お前が描く理想の結婚生活ってどんなの？」

「そうだなあ、住むなら都心のマンションで、年に一回は海外旅行に行きたいし、週末はディナーに行って……」

「まるでお伽話《とぎばなし》だな」

楽し気に理想の結婚生活を語る近藤さんの姿を見て、笹森さんが嘲笑《ちょうしょう》する。そんな彼に、近藤さんはあからさまに不機嫌そうな顔をした。

「何よ、そんなことないわよ!!　私、仕事辞めるつもりないし……」

「人に話したことないけど、俺の実家は郊外で農業をやっている」

「……えっ!?」

へー、そうなんだ。

私も笹森さんのことで、まだまだ知らないことがたくさんあるなぁ……と驚いていたら、近藤さんは変な顔をして笹森さんを見ていた。

「米やら野菜やら、いろいろ作ってるんだよね。兄貴が後を継ぐつもりみたいだけど、親もいい年だしな。兄貴が手伝えって言えば、俺もやろうと思ってる」

「う、嘘でしょ？」

意外な笹森さんの告白に、強気だった近藤さんが狼狽《うろた》え始めた。

「なんで嘘なんかつくんだ？　まあ、そうなると、お前が思い描いているような結婚生活は無理だな。知ってるか？　農家の朝って早いんだぜ。夏場は夜中の三時起床で、四時にはもう収穫を始めてるんだ。夜は七時には就寝するからディナーなんて無理だな。出荷の関係で長期休みなんて取れないから当然海外旅行も無理。毎日毎日農作業。そんな生活、お前にできるの？」

「……で、できる、わよ……」

「ちなみに親と同居だからな」

笹森さんのダメ押しにさすがの近藤さんも、黙り込んでしまう。

笹森さんはそんな彼女を見て、目を細めた。

「大体お前、ずっと俺のこと好きだったたって言うけど、関西で営業本部長と不倫してたんだろ？　そんで本部長の奥さんが会社に怒鳴り込んできたらしいじゃん。緘口令《かんこうれい》が敷かれてて、公《おおやけ》になってないけど、関西の同期に聞いたら教えてくれたよ」

その言葉に、近藤さんは唇を噛みしめワナワナと体を震わせている。

これ、もう何言ったって無理でしょ。笹森さんの方が一枚も二枚も上手《うわて》だよ……

「近藤、俺に好意を持ってくれたことには礼を言う。だけど俺はお前と付き合う気は全くない。万に一つもだ。それに今度は、お前がどんな嫌がらせをしたって俺が彼女を守るよ、必ず」

さ、笹森さん……っ!!

給湯室の片隅《かたすみ》で笹森さんの言葉に感動して、私は言葉もなく震える。

「な、なによ……あんな、どこにでもいるような子のどこがいいのよ！」

「お前は知らないだろうが、あれはどこにでもいるような子じゃねえよ。少なくとも俺にとってはな」

笹森さんの静かな言葉に、険《けわ》しい顔を隠さなかった近藤さんが、いきなり口元に笑みを浮かべた。

「……そう、分かったわ。そこまで言われたら、諦めるしかないわね。最後に一度、笹森が私と寝てくれるなら……ね」

「はあ？」

――なっ!!

なんという交換条件を出すんだ。笹森さんはすっとんきょうな声を出していたけど、私にしてみたらまったくもって冗談じゃない！

そんな条件、絶対許さない!!

「そんなの、ぜえったいダメです!!」

気がついたら私は、給湯室からもの凄い勢いでドアを開けて飛び出していた。いきなり現れた私の姿に、さすがの近藤さんも口をあんぐり開けたまま固まり、笹森さんも唖《あ》然《ぜん》としていた。

「お、おま……未散……」

「あ、あなた、なんでそんなところにいるのよ⁉　盗み聞きなんていやらしいわよ‼」

ヒステリックに叫ぶ近藤さんの声に一瞬にして我に返る。たちまち血の気が引いたが時既に遅し。

――やっば……勢いで思わず出てきちゃったよ。でも、もうこうなったら仕方ない。

私はそう腹を括《くく》ると、意を決して近藤さんと対峙《たいじ》した。

「ここにいるのは偶然です。そんなことよりも近藤さん、笹森さんになんつー条件出すんですか‼　そんなの私絶対許しません‼」

「何よ、いいじゃない一晩くらい」

「そういう問題じゃないです。それに笹森さんにはその気がないのに無理矢理そんなことしたって虚《むな》しくなるだけです。近藤さん、絶対後悔しますよ」

私の言葉に近藤さんが黙り込んだ。すると女同士の闘いに、笹森さんが仲裁に入る。

「待て待て、俺を置き去りにすんな。……近藤、そんな条件出されても俺が呑むわけないだろ。俺を馬鹿にするのもいい加減にしろ」

さすがに頭にきたのか、さっきまでとまるで声のトーンが違う笹森さんに、近藤さんも先ほどまでの勢いをなくし、ふいと顔を背《そむ》けた。

「……馬鹿になんてしてないわよ。こうでもしなきゃ、笹森、私のこと見てくれないじゃない……」

そこで、会議室のドアがコンコンとノックされ、吉村さんが顔を出した。

「お取込み中ごめんなさいねえ。そろそろ終わりにしない？　あと十分で昼休み終わるわよ」

見計らったような吉村さんの登場に、近藤さんは再び驚き、目を見開いた。

「まさか、吉村さんもずっとそこにいたの⁉」

「んー、ちょっと前からかな？　近藤さん、もうやめましょう。いくら嫌がらせを繰り返したってこの二人には無意味だって分かったでしょ？」

吉村さんの言葉にぐっ、と唇を噛み締めた近藤さんは、私達を一睨《にら》みした後、凄い勢いで会議室を飛び出していった。

――ああ、終わった……。

さすがに気が抜けてぐったり机に手をついたら、コツンと頭を小突かれた。振り返ると、呆れた様子の笹森さんが私のすぐ後ろに立っている。

「おい……お前なんであんなところに隠れてたんだよ」

「偶然ですよ！　用事があってここにいたら、笹森さん達が来るんですもん。びっくりしたのはこっちですよ」

「俺、驚きすぎてつい『未散』って名前呼んじまったよ。……まあ、なんだかんだいって、いい援護になったからいいけど。相変わらず愉快なやつだな」

そう言って、笹森さんは笑ってくれた。

「吉村さんも、ありがとうございました」

「横家さんが全然帰ってこないから、心配になって様子見に来てよかったわー。途中からだけど、スマホで会話を録音しておいたから、嫌がらせの証拠はばっちりよ！」

吉村さんは、笹森さんに向かってスマホを掲げて見せる。

「これで近藤さん、諦めてくれますかね……」

女の執念というか、心の根底にあるものを見せられたような気がする。でも、その思いの大元は笹森さんに対する恋心なんだよね……

そう思うと、同じ思いを抱く身としてはちょっと複雑だ。

それから数日後、思いがけない形で事態は決着した。

なんと近藤さんが、自ら辞表を提出したのだ。

プライドの高い近藤さんにしては、やけにあっさり辞めたなぁ、と疑問に思っていたら、どうやら日頃の勤務態度を課長に注意され、逆ギレしたらしい。

むしろ、いつもニコニコしているところしか見たことがない課長が、近藤さんの勤務態度をはっきり注意したことに驚いた。課長を見直してしまった。

そうして怒涛《どとう》の一週間を終えた金曜日の夜、私は週末なのをいいことに料理を作りに笹森家に泊まりに来ていた。

実は農家の息子だった笹森さんの家には、大量の新鮮野菜が送られてきており、「俺一人じゃ無理。消費できん」と言われたのだ。

「笹森さんの実家ってこんなにたくさんの種類の野菜作ってるんですか」

シチューに入れた玉葱《たまねぎ》、人参、ジャガイモの他にも、ほうれん草、小松菜、キャベツ……しかもどれも立派。

「全部出荷してるわけじゃないけど。兄貴が結構力入れてやってるからな」

「……じゃあ、将来、笹森さんも農業やるんですか？」

「いや、やらない」

笹森さんの口から私が思っていたのとは違う答えが返ってきた。

「えっ、だって、会議室で将来お兄さんを手伝うって……」

「やったっていいとは思ってるけど、兄貴、自分で会社興《おこ》して農業やってるから、人手は十分足りてるんだよな。ついでに言っとくと、親は普通の会社員だから」

「えーっ!?　騙《だま》したんですかっ!!」

「誰も専業農家とは言ってない。うちは兼業だ。そもそも祖父母がやってたものを兄貴が継いだんだ。親は普段働きに出てて、週末にちょっと手伝うくらいだったな」

「私には本当のこと話しておいてくださいよ〜」

「ごめんごめん。近藤にはああ言った方が効果的かと思ってさ」

「もー……私、笹森さんと農業やってる自分とか想像しちゃいましたよ」

「……お前、俺が農業やるって言ったら一緒にやるつもりだったのか？」

驚いたように笹森さんが私の顔を見た。

「私の実家田舎《いなか》ですし、父方の祖父の家が畑と田んぼ持ってて、子供の頃はよく手伝ってましたから。だから、別に農業やることに抵抗はないですね」

「そうか。じゃあ老後は一緒に農業するのもいいな」

笹森さんが嬉しそうに将来の話なんてするから、私もちょっとだけ自分達の老後を想像してみた。

うん、悪くない。

夕食の片づけを終え、お風呂のお湯がいっぱいになるまで、のんびりソファーに座ってテレビを観ていた。

すると笹森さんに「未散、未散」と呼ばれた。

「なんですか？」

「ちょっとおいで」

リビングの入り口で手招きされて、なんだか分からぬままついて行くとバスルームだった。

「バスルームに何か？」

「ああ、一緒に入ろう」

……えっ⁉

「い、嫌ですよ！　そんなの絶対無理ですっ‼」

慌《あわ》ててバスルームを出ようとするも、私の腰にがっちりと笹森さんの腕が回されてしまう。

「今更恥ずかしがることないじゃん。もうお互いの裸なんて見慣れてるんだし」

ジタバタもがいていた私の顔が一瞬で赤くなる。

「何回かは見てますけど、決して慣れてません‼」

「そんなウブなところも可愛いよ、未散ちゃん」

「……さっ……」

「なぁ、一緒に入ろう」

笹森さんの甘い囁《ささや》きに、私の体から力が抜けてしまう。

ズルいよ‼　そんなふうに言われたら拒否できないじゃない……

とはいえ、色っぽい視線を向けてくる笹森さんの前で、服を脱ぐのはさすがに恥ずかしい。

「……向こう向いててくださいよ」

「やだ」

「……笹森さん、スケベです」

「男はみんなスケベだよ」

躊躇《ためら》いつつも、ブラとショーツ姿になった私の体を、笹森さんがじっとりと見つめてくる。そんな彼の視線を意識して、体が熱くなり下半身がジワリと濡《ぬ》れ始めた。

「最後は俺が脱がそうか」

そう言って笹森さんが私のブラのホックを外した。解放されて露《あら》わになった胸に少し視線を送った後、彼は私のショーツに手をかける。

「笹森さん、やっぱ自分で……」

「いいから」

少し強引にショーツを下ろされ、真っ裸になった自分が洗面台の鏡に映る。直視できなくて思わず顔を手で覆《おお》った。

「笹森さん、は、恥ずかしい……」

「おいで」

素早く着ていたものを脱ぎ去り、同じく裸になった笹森さんに手を引かれる。浴室に入ると、すぐに笹森さんの唇が私の首筋に降ってきた。ねっとりと下から上へ舐《な》め上げられ、ざらざらした舌の感触に背筋がざわめく。

「んんっ……」

「最近未散に触れられなかったから……」

ちゅうっと首筋に吸い付いた後、彼の唇が私の唇に重なる。そして、荒々しく唇を貪《むさぼ》られた。

「んっ……ふっ……」

唇を合わせつつ、笹森さんの手が私の乳房を揉《も》みしだき、時折指で掠《かす》めるように先端に触れる。その度に快感で背中が反《そ》ってしまう。

「あっ……んっ」

「ほら、ぷっくりしてきた……可愛いよ、未散」

笹森さんの唇が私の唇から離れ、首筋を伝い鎖骨から胸に移動する。乳輪をゆっくりと舐めた後、尖《とが》り始めた胸の先端を舐めながら、彼は長い指で私の秘所を優しくまさぐり始めた。

「ん、んんっ……」

胸の先端を摘《つ》まれ、舌と指で同時に刺激を与えられる。膝に力が入らなくなり、がくんと膝が折れて彼に凭《もた》れかかった。

息を荒くし始めた笹森さんが指を私の股間で蠢《うごめ》かせ、くちゅくちゅといやらしい音を立てる。

「未散……こっちもう……」

「あっ……」

「凄い……トロトロだ……」

そう言って笹森さんの頭が下がったと思ったら、濡《ぬ》れた私の股間に舌を這《は》わせてきた。

彼の舌が繁《しげ》みを掻き分け、秘裂を舐《な》め上げる。

そうして、蜜を溢《あふ》れさせる入り口にゆっくりと笹森さんの舌が侵入してきた。ぴちゃぴちゃと音を立て、丹念に舐められると私の全身に快感が駆け巡《めぐ》る。

「いやっ……、笹森さんっ、だめぇ……」

――まだお風呂入ってないのに、そんなとこ舐めちゃ……!!

手で笹森さんの頭を押し退《の》けようとするが、彼は一層顔を近づけてくる。指で花弁をめくられ、丹念にそこを舐め上げられると快感がどっと押し寄せてきて、彼の腕を掴《つか》む手に力が入った。

「ああっ!! やあっ……そ、そんなとこやだぁ……」

私の抵抗は聞き入れてもらえず、彼は溢れる蜜をジュルジュルとすすり、ざらざらとした舌でたっぷりとそこを舐め回す。

与えられ続ける快感に頭が真っ白になりかけた私に、笹森さんが囁《ささや》いた。

「未散……入れていい？」

私は言葉もなくただコクコクと頷《うなず》く。すると彼は浴室に仕込んであったらしき避妊具を装着するや否や、私の右足を掬《すく》い上げ、熱く滾《たぎ》る塊《かたまり》で私を貫いた。

「あぁっー!!」

「う……熱いな……やべえもうイキそう」

眉間に皺《しわ》を寄せた笹森さんが、私を突き上げながら唇にキスを落とす。舌を絡《から》ませ、上唇を吸う。

「あっ、んっ……んっ……」

「未散……」

笹森さんの引き締まった体に腕を回してしがみついた。何度も何度も繰り返される抽挿《ちゅうそう》に、出したくても声が出なくなり、荒くなる吐息だけが笹森さんの首筋に当たる。

「……とりあえず、一回イッとこうか……」

「んっ、はあ……あ……んっ!!」

笹森さんの律動が激しくなると同時に指で敏感な芽を攻められて、一気に快感が襲ってくる。

「やあ……、なんか……変になるう!!」

「っ、大丈夫、だから……」

「ああっ‼」

「……くっ！」

ビクビク、と下半身を痙攣《けいれん》させ、彼は被膜越しに精を吐き出した。

二人ともハアハアと息を落ち着かせていたら、先に処理を済ませた笹森さんがシャワーのコックをひねった。

「未散、こっちに来い」

言われるまま彼の側《そば》に行くと、彼はシャワーソープを泡立てて私の体に塗り始める。

「洗ってやるよ」

「えっ、や、あの……」

戸惑っているうちに、私の後ろに回った笹森さんが胸を揉《も》むように泡を塗りたくってきた。自然と声が漏《も》れてしまう。

「あんっ……」

「もうこんなに勃《た》たせて……お前のここは敏感だな」

胸の先端を人差し指で何度も上下に弄《いじ》られて、軽くイッてしまいそうな快感に襲われる。気づけば、私の下半身からジュワ、とまた蜜が溢《あふ》れ出してきた。

「今度はこっちだな」

そう言いながら泡をたっぷりつけた彼の手が私の股間に、泡を塗りつけてくる。そんな彼の指がさりげなく秘裂を掠《かす》めていき、腰が引けてしまう。

「あっ、やっ……」

「濡《ぬ》れてるじゃん……俺が欲しい？　未散ちゃん」

「……えっ……」

私の思考がまたしても読まれてしまったんだろうか。彼の指使いによって既にぐっしょりと濡れたそこに、早く入れて欲しいと思っていることを。

「ほら、欲しいって言ってみな……？」

耳元に唇を押し付け囁《ささや》かれると、私の下半身に熱が集中し蜜を一層溢れさせた。

――もう我慢できない。

「入れて……笹森さんっ……」

「……柊、だろ、未散」

「柊さんが欲しいっ……」

私の懇願に一瞬微笑むと、彼は素早く避妊具を装着した。そして再び硬く反《そ》り返った自身を、背後から躊躇《ちゅうちょ》なく挿入する。

「ああっ……！」

「んっ……は……」

背後からの挿入で、正常位とは違う快感が私の体を駆け巡《めぐ》る。私は浴室の壁に手をつき、彼から与えられる快感に身悶《みもだ》えた。

濡《ぬ》れた体がぶつかり合い、パン、パンと小気味良い音が響きわたる。抽挿《ちゅうそう》を続ける間も彼の大きな掌《てのひら》は私の乳房を捏《こ》ねるように揉《も》み続け、時々先端をキュッと摘《つ》まんできた。そうされると、私の口から切ない声が漏《も》れて甘い痺《しび》れに背中が反ってしまう。

――も、もうだめ、イキそうっ……

「しゅ、柊さんっ……私、もう……」

肩越しに彼に懇願する。

「……俺もだ」

彼は私の腰を掴《つか》むと抽挿のスピードを上げた。

「あっ、あっ、だめっ、イクッ……！」

「……いいよ、未散、イッて……」

一際大きな快感に目の前が真っ白になり壁に体を預けると、続けて笹森さんも軽く痙《けい》攣《れん》した後に私の背中に覆《おお》い被さってきた。

乱れた呼吸を整え、体の泡をシャワーで軽く流し、笹森さんに連れられて寝室へ移動する。

バスタオル一枚を体に巻き付けた姿でベッドに腰かけると、啄《ついば》むようなキスから舌を絡《から》めるキスに変わる。ぴちゃぴちゃと音を立てて舌を絡め、お互いを食べつくすようにキスした。

これまで二回達しているにもかかわらず、また下半身がじわりと熱くなってくる。

――キスだけなのに、こんなに濡れちゃうなんて……

「んっ……ふぅ……」

キスをしながらタオルを剥《は》ぎ取られ全裸になると、キスをやめた笹森さんが床に跪《ひざまず》き、私の脚を大きく開いた。そのまま彼は私の股間に顔を埋《うず》め、秘裂を下から上へじっとり舐《な》め上げる。

「ああっ……や、やぁっ……柊さんっ」

ざらざらとした舌から与えられる感覚に自然と腰が浮き、蜜口からは絶えることなく蜜が溢《あふ》れてきた。更に笹森さんの舌は蜜口の少し上に移動して、再び敏感な芽を丹念に舐めてきた。

「あっー!!　ダメ、そこは……!!」

私の抵抗なんて気にも留めず、彼の舌の動きは止まらない。舐められ、時にじゅる、と吸われる度に言葉にならない快感に体が勝手に捩《よじ》れてしまう。やがてこれまでとは比較にならない電流のような感覚が体に走り、頭が真っ白になった。

――また、イキたくなっちゃう……!

「ああっ……!! だ、だめ……イッちゃう、イッちゃう……!」

笹森さんがふっ、と息を吹き掛けた瞬間、体が痙攣《けいれん》し、私だけ達してしまった。

「……イッたのか。俺を置き去りにして……悪い子だな、未散」

「へ……わ、悪い子……?」

――だってあんなの、我慢なんてできないよ……

脱力してベッドに横たわる私に馬乗りになった笹森さんは、必死に息を整える私の脚を抱え上げると、硬く反《そ》り返った彼の欲望の塊《かたまり》に避妊具を被せる。そして蜜口に押し付けずぶりと挿入した。

「あああーーっ!!」

強すぎる刺激でガクガクと体が震える。

ふと笹森さんを見ると、彼は恍惚《こうこつ》の表情を浮かべている。それが妙に色っぽくてお腹の奥の方がきゅうん、となった。

「……っ、お前の中、熱いな……」

ゆっくりと数回蜜口の辺りを往《い》き来《き》した後、笹森さんのそれは私の奥深くを突いてきた。その瞬間、ピリッとした快感が走り背中が反った。

「んんっ……!」

「……未散、手をついて……四つん這《ば》いになって」

一度体を離し彼に言われた体勢になる。すると彼は私のお尻を掴《つか》み背後から自身を押し込んできた。そしてすぐに腰を激しく打ちつけてくる。

「あっ、あっ、あっ……！」

パンパンパン、と強く穿《うが》たれる度にお腹の奥の方に彼を感じて、体中に幸せな気持ちがじんわりと広がっていく。

腰を打ち付けながら、彼の大きな掌《てのひら》が後ろから私の揺れる乳房を捏《こ》ね繰り回し、時折ギュッと先端を摘《つ》まんでくる。そうされると私の膣道がキュッ、と締まり、その度に笹森さんの口から「っ、くっ……」と声が漏《も》れた。

――笹森さんも気持ちよくなってくれてるのかな……

なんとなくそんなことをぼんやり考えていたら、無性に彼の顔が見たくなった。

「か、顔が……見たいです、柊さんの……」

すると彼はふう、と息を吐き出し自身を私から抜き去ると、私を仰向けにして抱きしめてくれた。

「これならいい？」

「はい……柊さん、好き……」

気持ちが抑えられなくて、彼の首に腕を回すと自分から唇を合わせる。するとすぐに彼の舌が唇を割って入ってきた。

ぴちゃぴちゃと音を立てながら歯列をなぞられ、口腔《こうこう》を舐《な》め回される。その間も彼の掌は私の乳房をぐにゅぐにゅと揉《も》みしだき、乳首を摘《つ》まみ上下に揺さぶった。

私の蜜口からとめどなく溢《あふ》れた蜜が、足の付け根にまで流れてきたことに気づいてちょっと恥ずかしくなる。

——また気持ちよくなりたい……でも笹森さんにも気持ちよくなって欲しい……

そう思った私は、おもむろに私のお腹に当たる彼自身にそっと手を触れた。思っていた以上に熱くて硬い。ごくりと唾《つば》を呑み上下にしごくように手を動かすと、彼の呼吸が荒くなった。

——気持ちいいの……かな?

なんせ初めての経験だ。私には友達から聞いたり、雑誌を読んで得た知識しかない。けど、笹森さんに気持ちよくなってほしくて、自分の中にある知識を総動員して彼に触れた。

そうして一心に手を動かしていると彼自身が一層硬くなった気がする。

なんか、可愛くなってきた。

「……っ、未散、もう……いいから、ここ乗っかれ」

もっと愛撫《あいぶ》しようとしたところを笹森さんに止められ、座ったままの体勢でズブリと挿入された。

「んっ、んん……!!」

ぐりぐりと掻き回すように奥の方まで到達する圧倒的な存在感に、自然と背中が反《そ》って胸を突き出す。すると、彼は待ってましたと言わんばかりに素早くその先端に吸い付き、ジュルジュルと音を立てて吸い上げた。

「ああっ……気持ちいいっ……」

激しく突き上げられつつ、胸の先端にも刺激を与えられる。これ以上ない快楽に溺《おぼ》れてしまいそう。

「――っ、は……未散っ、もう離さないからな、覚悟しろよ……!」

揺さぶられながら言われた甘い言葉に応えるように、私も彼の首筋に強く抱き付く。

「そ、んな覚悟、とっく、に、できてます……!!」

切れ切れに返事をすると、笹森さんは嬉しそうに微笑み、腰を打ち付けるスピードを速めた。そして私の目の前が真っ白になったのとほぼ同時に、私の中の彼がビクビクと爆《は》ぜた。

彼が私から引き抜かれた途端に、どっと疲れが押し寄せて、私はベッドにふらりと倒れ込んだ。そしてややあって、処理を済ませた笹森さんが私の隣に寄り添って横になる。

私達は顔を見合わせてちょっとだけ笑った。

そして私は、彼の腕に包まれて夢見心地《ゆめみごこち》のまま眠りに落ちたのだった。

七　社内恋愛は秘密のままで

月曜日の朝。私は自分の部署に行く前に、総務へ寄って後輩の美香ちゃんに借りていた服やら除光液やらを返した。

「ごめんね。返すの遅くなっちゃって……」

「いいですよそんなの！　でも先輩いろいろ大変でしたねぇ。もう平気ですか？」

「うん、おかげさまで、今は凄く平和だよ」

美香ちゃんには、部署の先輩にちょっと嫌がらせをされたと簡単に説明していた。

だがそれ以上に、近藤さんが会社を去った後、彼女に不満を抱いていた女性社員が、一気に彼女の過去の所行《しょぎょう》を周りに吹聴《ふいちょう》し始めたので、美香ちゃんなりに察するところがあったのだろう。

それらの話の中には笹森さんの昔の彼女のことも含まれていて、彼が社内恋愛をしない理由が女性社員にも広まり始めていた。

「笹森さんにそんな過去があったなんて、びっくりです。今じゃ私がその傷を癒《いや》してあげたいって女性達から、これまで以上に人気出ちゃってますよ」

「そ、そうなんだ……」

それはそれで困りますな……

更に頭の痛いことに、笹森さん自身も吹っ切れたのか、前ほど女子社員への態度がきつくなくなったのだ。敏感にそれを感じ取った女性社員の、彼を見る視線の熱いことと言ったら……

彼女としては喜ぶべきか悲しむべきか、ビミョーなところだったりする。

「そういえば、先輩。今週末うちの会社の創立百周年記念式典やるって連絡いってますよね？」

「ああ……うん、ホテルの会場借りてやるっていう……」

「一応社員は、ちゃんとした格好で出席しないといけないんですけど、先輩ちゃんと服、用意してますか？」

「うっ！」

美香ちゃんに痛いところを突かれてしまった。

そんなの私が持っているわけがない。私の持ってるフォーマルなんて、就活で着たリクルートスーツか、喪服しかないよ。

「リ、リクルート……」

「却下です」

美香ちゃんが無表情のままバッサリ切り捨てた。

「……買ってきます」

仕方なく私は深く頷《うなず》いた。

「よろしい。その日はメイクも頑張ってくださいね？」

「……メイク道具なんて、大して持ってないよ」

「買いなさい」

無表情の美香ちゃんに再びバッサリ。

「ハイ……」

もうこうなると、どっちが先輩だか分からなくなってきた。

「あ、見てくださいよ先輩！　社長ですよ」

「んっ？」

美香ちゃんの視線の先には、なかなかお目にかかれない我が社の社長がいた。

「社長、かっこよくないですか？　それに意外と若いですよねぇ……」

確か二年前まで専務だったはずだが、社長が会長に、副社長が病気療養に専念するため勇退したことで、当時専務だった彼が社長に就任したというわけだ。

「若く見えるけど、五十はいってるはずだよ」

すらりとした長身で細身、黒々とした髪は後ろに撫で付け、シュッとした端整な顔立ちにシルバーフレームの眼鏡をした社長。確かに四十代と言われても通用するくらい若々しく、格好いい。

「私、社長だったら不倫でもいいなぁ……」

美香ちゃんがトロンとした目で社長を見つめる。

「あれっ？　社長結婚してたっけ？」

「してますよぉ。社長に就任した頃、噂になったじゃないですか。指輪するようになったって」

「へぇ」

あんまり興味ないから知らなかったよ……


その日は会社帰りにそのまま笹森さんの家に連れてこられた。最近は週の半分くらいを笹森さんの家で過ごしている。

夕飯にと、デリバリーのピザを注文して二人でビールを飲みながら黙々と食べる。

マルゲリータ、最高！

「ああ、式典ね。男はスーツだけど、女だってスーツでいいんじゃね？　少し華やかさプラスすれば」

「そうなんですけど、式典土曜日でしょう。買いに行かないとないんですよ。笹森さん、いい店知りませんか？」

「なんで俺に聞くんだ……さすがに女性服の店は知らねーよ」

笹森さんが呆れたようにため息をついた。だって笹森さんお洒落《しゃれ》だから……

「あとね、当日は服と釣り合うようにきちんと化粧してこいって美香ちゃんが……」

化粧、という言葉に笹森さんは敏感に反応し、途端に黙り込んだ。

「笹森さーん？」

「……ま、仕方ないか……。式典の日、なるべく俺の近くにいろよ」

「いいんですか？」

「当たり前」

笹森さんがぐいとビールを呷《あお》ると、私の肩を引き寄せた。

「もう邪魔するやつはいないわけだし、本当なら関係を公表したいくらいだ」

「えっ!!　嫌ですよ！　そんなことしたら仕事やりにくくなります」

「それじゃ、仕事辞めて俺の世話係やる？」

「……お給料は……」

「現物支給」

「何を？」

「俺」

私は一瞬、真顔で考える。

「そこで悩むか」

「すみません、笹森さん支給されたら何しようって、真剣に考えてしまいました」

笹森さんが笑いながら私の服の中に手を入れ、ブラジャーの上から胸を荒々しく揉《も》んできた。

「……好きにしてくれていいけど？　こんなふうに」

私の服を胸の上までたくし上げブラジャーを露出させると、ぽろりと乳房をブラジャーから出した。彼の唇が乳房にちゅう、と吸い付き白い素肌に赤い花を咲かせていく。

「笹森さんを好きにするんじゃなくて、笹森さんが好きにしたいんじゃ……」

「まあ、そうとも言う」

「笹森さん、ピザは……」

「もうピザはいい」

笹森さんの唇が乳房の先端に吸い付き、同時に太腿を手で撫で回す。

「あんっ……笹森さんっ！」

「そろそろ普段から名前で呼べよ」

「だって会社でボロが出ると困るから……」

「いいって言ってるだろ」

ショーツを取られ、笹森さんの指が秘所に到達する。そのまま潤《うる》みを帯《お》び始めた中へ入ってきて奥を掻き回された。

「ああっ……柊さんっ……」

性急な愛撫《あいぶ》にたまらず声を上げると、それを奪うように唇を塞《ふさ》がれ二の句が継げない。

なんか最近激しいんだけど……!!

その日もやっぱり、家に帰れなかった。


昨日の会社帰りに、美香ちゃんに頼んで買い物に付いて来てもらい、彼女のアドバイスのもと服と化粧品を購入した。

美香ちゃんが選んでくれた服は、紺のツイードのクルーネックのジャケットと、同色で膝上丈のサテンジョーゼットのギャザースカート。きちんとしつつも女性らしい、さすがのコーディネート。

そして迎えた式典当日。

せっかくの服に合うように雑誌を読んで自分なりに勉強し、メイクと髪形を整えた。

髪形はサイドを少し編み込みにしてセミロングの髪を内巻きにブローしただけだけど。

式典は午前十時からで、偉い人の挨拶《あいさつ》の後は立食のビュッフェになるらしい。

ホテルまでは笹森さんが車で送ってくれるというので、ウロウロしながら笹森さんを待っていると、アパートの呼鈴が鳴った。

ドアを開けると、いつもより二割増し素敵な笹森さんが立っている。いつも格好いいけど、今日の彼は濃いグレーの三つ揃いのスーツにポケットチーフなんかしているのだ。

あまりの素敵ぶりに赤面し、口をあんぐり開けたまま固まってしまう。

「……おい、末散。なんなんだそのリアクションは」

「さっ、笹森さん、三つ揃いっ!!」

興奮して叫ぶ私を、面白そうに見下ろす笹森さん。

「なんだ？　三つ揃いのスーツ、好きなのか？」

「大好物!!」

「それってスーツが？　中身が？」

笹森さんがなんだか嬉しそうに首を傾《かし》げる。

「笹森さんならどっちも！」

「そういうお前も可愛いぞ」

そう言うなり、ぎゅ、と抱き締められた。

「笹森さん、顔！　私の顔に気をつけて!!　三つ揃いに私の顔拓《がんたく》付いちゃう!!」

汚したらまずいと慌《あわ》てて顔を反《そ》らし、彼から距離を取った。

「付けとけば魔除《まよ》けになるかな」

「お札じゃないんですから……」

あ、そうだ。と笹森さんが内ポケットから細長い箱を取り出した。

「ほら。これ付けていけ」

「えっ……」

戸惑いつつその箱を開けると、細いゴールドのチェーンに、小さな透明の石がついたネックレスが入っていた。

「わあ……素敵……」

思わずネックレスに目を奪われていたら、笹森さんが「つけてやる」と言って鏡の前でネックレスをつけてくれる。

「ちょっと石小さいけどな」

笹森さんはそんなふうに言うけど、そのネックレスを付けただけでずいぶん印象が華やかになった。

「そんなことないです。凄く嬉しいです！　ありがとうございます！」

心の底から嬉しくて満面の笑みでお礼を言うと、笹森さんは満足げに微笑んだ。

「そのうち、もっといいやつ買ってやるよ。さ、行くぞ」

「あ、はい」

なんか今、さらっと凄いこと言われなかったか……？

慌《あわ》ててバッグを手に家を出て、笹森さんの後を追う。

笹森さんの車は、三十分ほどで式典が行われるホテルの地下駐車場に着いた。

さすがに一緒に会場に入るわけにはいかないので、私はバッグを持って先に降りる。

「笹森さん、誰かに見られるといけないから、私、先に行きますね」

「別に見られてもいいのに」

「……そ、そういうこと言わない！」

困惑してたしなめると、笹森さんは優しく笑って、スッと掌《てのひら》をドアに向かって差し出した。

「分かりました。お先にどうぞ？　お嬢さん」

「じゃ、じゃあまた後で……」

車を降りて、入り口、入り口……と明るい方に向かって歩いていると、ホテルの入り口付近で煙草を燻《くゆ》らせるスーツを着たビジネスマンらしき人影が。

……うちの会社の人かな？

私の足音に気づいてこちらを振り向いたその人は、見たことのない人だった。身長は笹森さんよりちょっと低いくらいで、年齢は私よりは上だろう。縁なしのスクエア型眼鏡をかけ、端整な顔立ちをしている。その人は、少し細めの目をこちらに向けた。

関係者だったらいけないな、と思いぺこりと頭を下げてホテルに入ろうとすると、声をかけられた。

「ねえ」

「はい……？」

「さっきの、彼氏？」

ニヤニヤしながら興味津々《きょうみしんしん》といった様子で問いかける。

――ばっちり見られてた。

平静を装《よそお》ったが、内心は焦りまくり。どうやってこの場を切り抜けよう。

「あ……」

「あ？」

「兄です」

一瞬、間の抜けた顔を見せたその人に、もう一度頭を下げて、逃げるようにホテルに入った。

びっくりした……誰だったんだろう今の人。

咄嗟《とっさ》に誤魔化《ごまか》しはしたものの、もしあの人がうちの会社の人で笹森さんの顔をばっちり見ていたら、付き合ってるのがバレちゃうかも……

式典が始まる前から、私の心は不安でいっぱいになった。

会場となるホールに着くと、入り口で来客対応をしていた美香ちゃんが私に気づき、笑顔で近づいてきた。

「思った通り、その服先輩によく似合ってます!!　それにメイクもちゃんとできてるじゃないですか！　いい感じですよ」

「ほんと？　昨日本見ながらいろいろ悩んで、結局こんな感じにまとまったんだけど……」

「先輩目鼻立ちはっきりしてるから、これぐらいナチュラルな方がいいですよ！」

彼女に太鼓判《たいこばん》を捺《お》してもらえて心底ほっとした。

――よかった、美香ちゃんにダメ出しされなくて。ビューラーなんてほとんど使わないから、瞼《まぶた》挟みそうでちょっと怖かったけど……

ふと逸《そ》れた美香ちゃんの目線を追ったら、通路の向こうから男性社員と笹森さんが歩いてきた。

何気なく美香ちゃんに目線を戻すと、笹森さんを見たままぽかんと口を開けている。

「ヤ、ヤバイ……、あれはヤバイレベルですよ先輩。笹森さん超カッコイイです……」

と美香ちゃんは顔を赤らめた。なんだ、笹森さん見て固まってたのか……でも気持ちは分かる。確かに今日の笹森さんのイケメンぶりはとんでもなく高レベルだ。

「うん、あれは格好いいよね……」

自分の彼氏に改めて見惚《みと》れる私。

「今日、笹森さん気をつけてないと、計算ずくの女性社員に酔わされてホテルの客室に連れ込まれちゃいますよ」

「そ、そうかな……？」

「そうですよ！　秘書課辺りの女子力高め肉食女子が、ギラギラに飢えた状態で笹森さんに食い付きに行きますよ……絶対」

美香ちゃんが恐ろしいことを口にして、ぶるぶる震え出した。

いやだ、笹森さん食べられちゃ嫌っ!!

不安になって笹森さんに視線を送るけど、彼はそれに気づかないまま会場に入っていった。

一抹《いちまつ》の不安を抱きつつ美香ちゃんと別れ、会場に入る。すぐに私の姿を見付けた三上君が駆け寄ってきた。今日の三上君は、黒に近い濃い色のスーツ。細身の彼によく似合っている。

「横家さん、お疲れ様です！」

「お疲れ様。あ、三上君。この前はありがとうね」

「いえ、あんなの大したことじゃありませんから……横家さん、今日素敵ですね」

私の格好を上から下まで見ると、三上君は率直に褒《ほ》めてくれる。

相変わらずだなあ。

「あ、ありがとう……」

ちょっと照れながらお礼を言うと、不思議そうにそう言われた。

「いつもそんなふうに化粧すればいいのに」

「うんでも、彼にあんまりしっかり化粧するなって言われてて」

正直に笹森さんに言われたことを話したら、三上君が眉間に皺《しわ》を寄せた。

「彼、がそう言ったんですか？」

「うん」

「……意外と余裕ないですね」

「？」

言われた意味が分からなくて、首を傾《かし》げて三上君を窺《うかが》う。彼は一人で何か納得している様子だった。

そこへふらふらぁと美香ちゃんがやって来る。

「先輩、こちらの方は……」

私の腕をぎゅっと掴《つか》んできた美香ちゃんが、三上君を見ながらそう尋ねてきた。

あれ……もしかして、三上君と美香ちゃんはこれが初対面だったっけ？

「あ、紹介するね。同じ部署の三上知哉君。こちら総務部の風祭美香ちゃん」

「初めまして」

三上君が笑顔でスッと手を差し出した。

「初めまして……」

彼の顔をじっと見つめながら差し出された三上君の手を両手で握る美香ちゃん。

……気のせいかな、ちょっと頬が紅潮しているような。

「よかったら今度、総務と合コンしませんか……？」

「えっ、合コン⁉」

美香ちゃんに手を握られたまま、突然合コンに誘われた三上君が少々戸惑ってる。

うん、私はお邪魔っぽいかも……

私はそっと二人から離れて、会場に入った。

今日は吉村さん見ないなぁ……まだ来てないのかな？

辺りを見回すけど吉村さんらしき人は見当たらない。そろそろ式典始まるのに……

そうこうしている間に式典が始まり、社長が壇上に立ち挨拶《あいさつ》を始めた。

しかし、本当に社長若く見えるなぁ。これで五十代とか嘘でしょ？　よっぽどいいもの食べてるのかな、お肌も綺麗だし……ほら、秘書課のお姉様達がうっとり見つめてるよ。

ん？　違う方向見てうっとりしてるお姉様達がいる……

視線を追うと、そこには笹森さんが。やっぱりといえばやっぱりだけど、心なしかお姉様達の目が怖い。

笹森さん、気をつけて！

心の中から笹森さんにエールを送った。

社長の話が終わり、次は広報の社員が会社の歴史をスライドショーで発表し始める。

壇上にいた社長が歩いていく先を何気なく見ていると、目立たない場所に一人の女性が立っていた。細いけど出るところはしっかり出ている女性は、そのスタイルが際立つ上品な黒いワンピースを着ている。艶《つや》のある長い髪をアップにした女性は、かなりの美人だ。

うちの会社の人かなぁ……でもどっかで見たことあるんだよなぁ……うーん……と、悩んでいたら突然閃《ひらめ》いた。

ああっ!!　どっかで見たことあるはずだよ。あの女性って、吉村さんじゃん!!

眼鏡をしていないから、すぐ分からなかった。

可愛い人だと思ってたけど、あんなに綺麗だったなんて。

私が口をあんぐり開けて見ていると、その視線に気がついたのか、吉村さんがこちらを見た。一瞬驚いた顔をした彼女は、すぐににこっと笑って、こちらに歩いてくる。

「ハーイ。横家さん」

「ハーイ、じゃないですよ。一瞬誰かと思いましたよ！　いつもと全然雰囲気が違いますね～！」

「ん～、まあこんな席だし？　ちょっとお洒落《しゃれ》してみたわ。そういう横家さんだって凄く綺麗じゃない！　見違えちゃったわ」

吉村さんがうふふ、と笑う。

「ありがとうございます……」

「でも、それ以上に、今日の彼、素敵ねえ。注目浴びまくってるわよ～」

そう言って、吉村さんが会場で一際目を引く笹森さんに視線を向ける。

「まあ、素敵なのは事実ですからね。どうしようもないですよ」

そんなのは分かりきったことだと、諦めたように言うと吉村さんが苦笑した。

「ほんと、控え目な彼女だこと」

スライドショーが終わり、拍手をする。吉村さんは知り合いの社員に遭遇して挨拶《あいさつ》をしている。

「あ、さっきの」

声がした方を見ると、先ほど駐車場で声をかけてきた人だった。

「やっぱうちの社員だったんだ。君、どこの部署？」

「営業部ですが……」

「名前なんていうの？」

「横家です」

「下の名前は？」

「……未散です」

「未散ちゃんか」

なんだろう、なんか馴《な》れ馴《な》れしいなこの人。

メガネの向こうの細い眼が笑うと更に細くなる。

「ちょっと、ちょっと綿貫君《わたぬき》！」

私と男性のやり取りに気づいた吉村さんが焦ったようにやって来た。

「あれ？　こんなところにいたんですか？」

綿貫君と呼ばれた目の前の男性が吉村さんに視線を向ける。

「横家さんはダメよ。手ぇ出さないで」

「……さっき彼氏と来てましたからね。男がいるのは知ってますよ」

思わずギクッとして背筋がひんやりする。

ああ、バレてるぅ〜〜……私の嘘なんて見透《みす》かされてますわ……

「分かってるならいいけど。手出すなら他の子にしてよね」

「ハイハイ、奥様」

「……今、奥様って言いました？」

——奥様？　誰が？

不思議に思い、綿貫さんに問いかけると、彼は平然と吉村さんに視線を向ける。

「そう、こちら奥様だから」

「え……えぇっ⁉　吉村さんご結婚されてたんですか⁉」

驚いて吉村さんを見ると、彼女は眉間に皺《しわ》を寄せて露骨にしかめっ面《つら》をしていた。

直後、観念したようにふうっ、と息をついた吉村さんは、私を会場の隅《すみ》に誘った。

「……あー、横家さんごめん、言ってなかったんだけど実は私、結婚しております」

「そっ、そうだったんですね。早く言ってくれればよかったのに」

「……まあ、ちょっと事情があるというか。実はね、私、結婚して今は北条《ほうじょう》っていうの」

「北条さん……」

「そう。で、うちの社長の名前は？」

「確か北条貢《ほうじょうみつぐ》……」

そこで、ハッとする。

まさか……

恐る恐る吉村さんに視線を向けると、こくりと頷《うなず》く。

「社長の嫁でぇす」

吉村さんがテへ！　と可愛らしく舌を出して暴露してくれた内容に、私の頭は真っ白になる。

——マ、マジですか⁉

思いもよらない事実に眩暈《めまい》がした。

「よ、吉村さん……確か笹森さんのひとつ先輩って言ってましたよね、社長とは……」

「年の差二十二よー」

「……‼」

「でも、そんなの気にならないくらい、うちのダーリンカッコイイでしょ？」

吉村さんがにっこり微笑んだ。

「カ、カッコイイですけど、……お、驚きました！」

「ごめんねぇ。私達も元々は秘密の社内恋愛から始まってそのまま結婚したパターンなの。バレても問題無いんだけど、公表するタイミング逃しちゃってね」

「秘密の……」

「そうなの。だから、横家さんと笹森君と一緒ね！」

そう言って悪戯《いたずら》っぽく笑った吉村さんは、とても可愛らしかった。

——そうか。だから吉村さんは私達のことに、親身になってくれたんだ。

気がつけば会場では来賓の挨拶《あいさつ》が終わり、会場にいる全ての人達にグラスが配られ、専務が壇上で乾杯の音頭《おんど》を取っていた。

「乾杯!」

それと同時に会食がスタートする。

「さ、横家さん食べましょ。食べないと損よ?」

吉村さんとテーブルに向かって歩き出したそのとき、吉村さんに歩み寄る一人の男性が。

「恵美里《えみり》」

「あっ、貢君!」

吉村さんが嬉しそうに笑顔を向けたその人は、我が社の社長。

私のような一社員が間近で接することのない人物を前にして、緊張で背筋が伸びる。

「横家さん、主人です」

「え、営業部の横家未散です。お、奥様には、日頃大変お世話になっておりますっ!」

そう言って、勢いよく頭を下げると、普段クールで知られる社長が柔らかな笑みを浮かべた。

「どうも。そのおかげか、私の肩の力も少し抜ける。

「どうも。こちらこそ、いつも妻がお世話になっています。……お噂はかねがね」

と意味ありげにニヤリと微笑む。

うっ、社長もこんなふうに笑うんだっ……ていうかお噂って何っ⁉

「恵美里、ちょっといいかい？」

「はい。ごめんね、横家さん。ちょっと行ってくるわ」

申し訳なさそうに吉村さんと社長が会場の外に出て行った。

――なんか、吉村さん、社長の前だと女の人の顔してたな。好きな人の前だと、あんな感じになるんだ。私も笹森さんの前ではああなのかなぁ？

「我が社の社長も、愛妻の前ではただの男だね」

振り返ると、綿貫さんがグラスに入ったシャンパンを飲みながら、私のすぐ後ろへやって来た。

「……あの、いろいろ事情をご存じのようですが、綿貫さんって何をされてる方なんですか」

「ああ、社長秘書です」

なーるほど。

「で、未散ちゃんさあ」

「……なんでしょう」

警戒しつつも綿貫さんを見上げると、なんだか楽しそうに笑っている。

「未散ちゃんの彼氏ってあそこで女に囲まれてるイケメンでしょ？」

そう言って綿貫さんは私から少し離れた場所のテーブルで、女性に囲まれている笹森さんを指さした。

……完全にバレてるじゃん……

「お兄さんだなんて、いくらなんでも無理があるよ」

「うっ……すみません……」

「ああ、別にみんなにバラしたりしないから安心して」

「……ほんとですか？」

確かめるように綿貫さんを見上げたら、ニヤリと何か企《たくら》むように微笑まれた。

「だからさぁ、この後、俺と遊びに行かない？」

「はっ？」

「黙っててやるから、ちょっと付き合ってよ」

……一瞬いい人かもって思ったのは間違いだった。

がっかりした私は、無言で綿貫さんから離れると料理を取りにテーブルに向かった。

「未散ちゃーん、シカト？　つれないなあ」

「私これから食事するんで、ついてこないで下さいよ！」

「いいじゃん、ちょっとくらいさあ」

黙々とお皿を手に取り、オードブルをのせていく。その間中、綿貫さんはずっと私の後をついてきた。食事くらい楽しく味わいたいのに、これじゃ無理そう。

「未散ちゃんって可愛いねー」

綿貫さんが私の皿からカナッペを一つ取ると、そのままひょいと自分の口に入れた。

「……秘書課にたくさん可愛い方いるじゃないですか」

綿貫さんの行動にイラッとくるけど、必死に平静を装《よそお》った。

「いやいや、あいつらプライドばっか高くて可愛げがないんだよねー。俺、未散ちゃんみたいなウブな感じの子の方が好きー」

「……あの、だから彼氏いるんで」

「今彼忙しそうじゃん？　俺が相手してあげるよ」

と、私の顔を楽しそうに覗《のぞ》き込んでくる。

「相手いらないです。今食事中なんで」

綿貫さんに背を向け、もぐもぐと料理を口に運んだ。こんな美味《おい》しそうな料理、食べなきゃ損だもの。

「じゃあさ、美味しいもの食べに行こうよ」

全く人の話を聞いていない様子の綿貫さんが、私が持っていたお皿をスイッと奪い取った。さすがにこれにはカチンときて、綿貫さんを睨《にら》み付ける。

「ちょっと!!　返してくださいよ！」

「返したら今度一緒にご飯行ってくれる？」

「だから！　嫌だって言ってるじゃないですか！」

「じゃあその辺も含めてちょっと向こうで話そうか？」

「ちょっ……!!」

抵抗する間もなく、綿貫さんに腕を掴《つか》まれて会場の外に連れ出された。

「ちょっとー!!　離してくださいってば!!」

「うーん、あっさり陥落《かんらく》しないところもいいねー。未散ちゃん、俺こう見えて結構モテるんだよ」

「そんなのどうでもいいです！　既に彼氏に陥落済みなのです!!」

必死で踏ん張るがパンプスを履いているので、いつもより踏ん張りがきかない。

「あんまり嫌がると抱っこしちゃうよ？」

「しないでくださいよっ！」

するといきなり、私の腕を掴む綿貫さんの手の力が緩《ゆる》んだ。なんだろうと綿貫さんを見上げると「あーあ」と苦笑している。彼の視線を追えば、会場から出てきた笹森さんが歩いてくるところだった。

「さっ、ささもりさぁん!!」

「彼女に何してるんです、綿貫さん」

笹森さんが私の腕にかかる綿貫さんの手を叩き落とした。

「んー？　可愛いから持って帰ろうかと思って」

平然と言ってのける綿貫さんに、いつもより低い声で告《つ》げる。

「残念ながら、もう俺のものですので」

彼は綿貫さんを睨《にら》み付けつつ、私の腕を引き自分の背中に移動させた。

……さ、笹森さん、なんて照れるセリフを……!!

嬉しいような恥ずかしいような気持ちで、私は一人真っ赤になる。

「わーたーぬーきー」

すると、どこからか低い声が聞こえてきた。すぐに通路の向こうから吉村さんが鬼の形相《ぎょうそう》でやって来る。

「あんたはぁ!!　手ぇ出すなって言ったでしょ！」

「うるせーのが来ちまったなぁ……じゃあね未散ちゃん、遊ぶのはまた今度」

「遊ばないですってば!!」

そんな私に全く動じることのない綿貫さんは、吉村さんから逃げるように会場に戻って行った。

「大丈夫か？」

笹森さんが心配そうに私の顔を覗《のぞ》き込んでくる。

「大丈夫です。助けてくれてありがとうございました」

思わず笹森さんの手をギュッと握った。

「ごめんね、横家さん。私があなたを一人にしちゃったから」

吉村さんが申し訳なさそうに謝ってくれる。

「いえいえ、本当に大丈夫です」

あんな人がいたなんて、想定外だよ……、もう。

再び会場に戻り、吉村さんとビュッフェで食事を取る。笹森さんは男性社員に呼ばれて、行ってしまった。彼の近くに行きたくても、遠巻きに様子を窺《うかが》っている女性達が怖くて近寄れない。

「そういえば……何がきっかけで社長とお付き合いするようになったんですか？」

吉村さんがカナッペを食べながら「うん」と頷《うなず》いた。

「付き合い始めたのは彼が専務のときだけどね～。たまたま会社帰りに人とぶつかって眼鏡落としたら、踏まれて壊されちゃったのよ。背筋凍ったわ～私、眼鏡しないとなんにも見えないから」

「え、じゃあそれがきっかけで……」

「そう。初っ端《しょぱな》から平謝りされたわ。私が何も見えないって言ったら手を引いてくれて、そのまま彼の車で家まで送ってくれたの。帰ってから彼が置いて行った名刺見てびっくりよ、専務なんだもん」

くくく、と当時を思い出したのか吉村さんが笑い出した。

「当時の専務ってさー、カッコイイんだけど口数少なくて、いつもピリピリしてて結構おっかない人だと思われてたのね。それが私の眼鏡踏んだくらいで、おたおた焦って謝ってくれて……で、いつの間にか好きになったわけ……」

私、ちょろいなーと言いながら、社長の話をしている吉村さんはとっても幸せそうだった。

そうなんだ、ひょんなことから恋愛に発展して……なんだか私と笹森さんみたい。いいなぁ、私もこんなふうに幸せな結婚生活を送れる日が来るのかなぁ……笹森さんと……

「素敵な話ですねぇ……」

「そお？　でも貢君、奥手だから結構大変だったのよ」

吉村さんがニヤッと口角を上げた。彼女が本気を出したら相手が誰であろうと容赦《ようしゃ》しない気がする……

「横家」

「あ」

肉食女子の包囲網をどうやってかい潜《くぐ》ったのか、笹森さんが来てくれた。

さっき笹森さんと結婚したら……なんて想像しちゃったから、当の本人の登場に妙にドキドキしてしまう。

「あら笹森君。さっきはどうも！」

「いえ。先ほどはありがとうございました。……さっきの社長秘書の綿貫さんですよね？　吉村さん知り合いですか？」

「あいつ同期でさ。仕事はできるんだけど、女好きでねぇ。昔っから隙あらば女の子口説いてんのよ……まぁ病気よね」

そう言ってちらりと社長の隣にいる綿貫さんに視線を向けた。一緒に綿貫さんを見ていた笹森さんが、吉村さんに向き直る。

「人の彼女に手出しするなって、よく言っといてください」

真面目な顔をしてそう言う笹森さんに、私は盛大に照れてしまった。

その後、吉村さんから社長との関係を告《つ》げられた笹森さんは、あんぐり口を開けていた。

「まさか……身近に社長夫人がいたとは」

「ですよね……私もびっくりです」

「おほほ。社長夫人って、なんかいい響きねっ。でも生活は質素よ。チラシ見て特売品買いに自転車でスーパー巡《めぐ》りとかしてるから」

「社長って初婚だったんですか？」

笹森さんが烏龍茶《ウーロン》を飲みながら吉村さんに問う。私もそこんとこ気になっていたので、耳がダンボになる。

「二回目なの。前の奥様とは死別してて」

「そうなんですか……それは知らなかったな」

笹森さんも少し驚いたようだった。

「結構昔の話みたいだから、知ってる人はごくわずかみたい」

「社長って、専務の頃から威圧感というか、ちょっと近寄れない雰囲気がありましたよね。でも社長になる前辺りから、少し丸くなったって話は聞いてたんです。それって、吉村さんのおかげだったってことですね」

「うふふっ。そうかしらっ」

吉村さん本当に嬉しそう……

「……笹森君達もさ、もう婚約発表とかしちゃえば？」

「えっ⁉」

吉村さんの提案に驚いて、食べることを中断した。

「いやいや吉村さん、私達付き合い出してまだそんなに経ってないし、さすがにそれは笹森さんに申し訳ないっていうか……」

「そうだな、それもアリだな」

「……って笹森さん⁉」

思わず笹森さんに突っ込みを入れたけど、本気で考えているようで驚いて口ごもる。

まさか笹森さん、私とのことそこまで考えてくれてるの？　本気で婚約してもいいと思ってるってこと……？

急に現実味を帯《お》びてきた笹森さんとの将来に、胸がドキドキしてくる。

「このままだと、また三上や綿貫さんみたいなのが寄って来るかも分からんし、近藤みたいなのが現れても困る。いっそのこと関係を公表した方が、後々の面倒がなくていいのかもしれない。幸いうちの会社は社内結婚は禁止してないし」

「そうね。夫婦で勤務してる人も実は結構いるからね……ただ、そうなると部署は変わるわよ」

話を進める笹森さんと吉村さんの会話を、私は口を開けポカーンとしながら聞いていた。

……えっ、異動？　婚約発表したら私異動になるの？　せっかく仕事にも慣れてきたのに。

「……い、異動ですか……」

一連の流れに困惑していたら、笹森さんがポン、と私の頭に優しく手をのせる。

「何も今すぐってわけじゃないから」

「は、はい……」

そうだけど……でも、いつかはそうなるってこと……？

えっ……ホ、ホントに!?　ホントーにっ!?


「あー疲れた……」

無事に式典が終わり、笹森さんから家への誘いを断って家に送ってもらった。

さっさとメイクを落としていつものよれよれジャージに着替えると、素の自分に戻ったようでホッとする。

「落ち着くわあ……」

炬燵《こたつ》に入ってテレビをつけて、寝っ転がったまま漫画を読む……そこでふと考えてしまった。こんな状態の私に、結婚なんてできるの？

一番の心配ポイントはそこだよ。一緒に住むなんて話になったら絶対ここから出て笹森さんのマンションに引っ越すことになるよね。そうなると、こんなだらけた生活なんてできなくなる。それに格好だって、よれよれのジャージとはいかないはずだ。大好きな漫画も、アニメも、今まで好きなときに好きなだけ読んだり、見たりしてきたけど、それもできなくなるの？

それって結構、重大事なんですけど。

でもでも、笹森さんとは一緒にいたい……

どっちも欲しいだなんて、私いつからこんなに欲張りになったんだろう。

ため息をつきながらパソコンを開き、最近ではチェックもおろそかになりつつある株価を確認する。その瞬間、衝撃が走った。

「ふ、含み損が……っ!!」

ちょっと見ない間にだいぶ損が出ている。

チャートを見ながら悔しくて、炬燵《こたつ》の天板を叩いた。

日経平均株価はここのところ五百円近く下落し、私が持っている株の株価も軒並《のきな》み下落……

ここでふと、ある疑問が浮かび上がった。

……結婚しても株はやってもいいのでしょうか?

今日も仕事帰りに笹森さんのマンションにお邪魔した。鍵を使ってこの家に入ることにも、最近では随分慣れてきている。

野菜を使って簡単なポトフを作って、笹森さんと二人で食べた。

彼の実家で作っている野菜は、味がしっかりしているし、甘みが強くて本当に美味《おい》しい。

ソファーに座りテレビを観ながらまったりしていたのだが、ちょうど話が途切れたタイミングでずっと考えていたことを切り出した。

「あのう、笹森さん……」

胸にクッションを抱え、笹森さんをチラッと見る。

「ん」

「この前話してた婚約の話ですけど、あれって本気ですか？」

「うん」

間髪《かんはつ》を容《い》れず笹森さんが返事をしたので、続く言葉が出てこない。

「未散は？　俺と結婚するの嫌？」

「嫌なわけないじゃないですか」

笹森さんと結婚するのが嫌だなんて、そんなこと思うはずがない!!　ただ、あまりに急展開なので戸惑ってしまうのだ。

「嫌ではないが、何か気になることがあるってこと？　いいよ、思ってることがあったらなんでも言えよ」

笹森さんが微笑みながら私の肩を抱いた。

「そのー、私の私生活ご存じですよね？」

「うん」

「あんな生活してる私が、笹森さんの嫁になってもいいんでしょうか……」

「いいけど」

そんな、あっさり。

「何をそんなに気にしてるわけ？」

笹森さんが改まって私に向き直る。

「だって、なんだか笹森さんと釣り合ってない感じがするんですもん。趣味とか、生活とか！」

「なんだそれは。釣り合ってるとか、釣り合ってないとかって誰が決めんの」

「え、私とか世間とか」

ふーっ、と大きく息を吐いてから笹森さんが私の顔をギュッと両手で押さえた。

「にゃっ⁉」

「二人の問題に世間は関係ないだろ。それに俺はお前と釣り合わないなんて思ったことは一度もないよ」

言い聞かせるように、笹森さんは強い口調できっぱりと言った。

「だ、だって笹森さんばっかり余裕あるんだもん！　私なんて、結構いっぱいいっぱいなんですからっ！」

私の言葉に笹森さんが怪訝《けげん》そうな表情をした。

「俺のどこが余裕あるんだ。危なっかしいお前をいつも気にしてこっちがいっぱいいっぱいだよ。三上のときも、綿貫のときも。ちょっと目を離すとお前はすぐ連れて行かれるから。首輪つけて繋《つな》いでおきたいくらいだ」

「それじゃまるで犬……」

「それぐらい、側《そば》に置いておきたいってこと！」

少し恥ずかしそうにそう言い放つと、笹森さんが頬を赤らめた。こんな彼、初めて見た。

「……ジャ、ジャージがヨレヨレで毛玉だらけでもですか？」

「気にしない」

「休みの日は家に引きこもって漫画読んでテレビ＆ＤＶＤ鑑賞三昧《ざんまい》ですが？」

「俺も漫画好きだよ。書斎に結構置いてあるし」

「え、そうなの？　じゃ、じゃあ、……地味で女子力低いですけど？」

「そんな未散が好きだよ」

「じ、実は……株取引が趣味なんです」

「……それは知らなかった。ああ、だから経済紙読んでたのか。俺もやってるし問題ないよ」

笹森さんが真っ直ぐ私を見て優しく微笑んでくれる。そんな彼を見て抑えてた感情が爆発した。

「……っ、笹森さん、大好きっ！」

思わず笹森さんに勢いよく抱き付く。

「よく知ってる」

優しい声音で囁《ささや》くと、笹森さんがぎゅう、と私を抱き締め返してくれた。

「俺も未散が大好きだ」

なんだか笹森さんの温もりをいつもより感じて、悩んでいたことが全部どうでもよくなってきた。結局、笹森さんと一緒にいたいっていう事実は変わらないんだもんね。

だとしたらもう、答えはひとつだ。

「さ、笹森さん、私と結婚してください……!!」

勢いあまってプロポーズをしてしまった。

笹森さんは私を抱き締めていた腕を緩《ゆる》めると、驚いたように私をまじまじと見つめてくる。

「……それ、お前が言っちゃうの？」

「えっ、だ、だめでしたか⁉」

「だめじゃないけど……ふ、ふふっ、ははははっ」

笹森さんが顔を手で覆《おお》って笑い出す。

「あの、笹森さん……？」

まだ返事をしてくれないのでちょっと不安になって、笹森さんの顔を覗《のぞ》き込む。

笑いを収め、ふう、と息を整えた笹森さんは、満面の笑みで改めて私と向き合った。

「やっぱお前、面白いわ。……ハイ。結婚しましょう」

その言葉に、体中から嬉しさが込み上げてきた。

「わ、わぁ!! ありがとうございますっ……んっ!!」

喜んでいる私を、さっきよりも強く笹森さんが抱き締める。そして私の耳元で熱く囁いた。

「……横家未散さん。俺と結婚してください」

真剣な彼の目を見て、改めて私もしっかりと頷《うなず》く。

「はい、よろしくお願いします……」

そう返事をして、彼の体をぎゅうっと抱き締めた。

──う、うわあ、ついに、ついに私にも結婚という現実がやってきたあー!!

最近ちょっとは考えるようになっていたものの、まさかこんなに早く実現するとは。

それにいざ現実となると、今後の段取りがよく分からなくて、ちょっとそわそわする。

「近いうちにお前の実家に挨拶《あいさつ》に行こう」

「あ、はい。あの……会社には、なんて言いましょう……」

「普通に、婚約しましたでいいんじゃないの？」
「いつ、言うんですか？」
「俺はすぐ言ったっていいけど」
「でも、そしたら異動になっちゃいますよね……たぶん私が」
「んー、まあそうなるだろうな」
異動かぁ……。笹森さんと同じ部署にいられなくなるのは残念だけど、でもこれから
はずっと一緒にいられるんだもの、寂しくなんかないよね。
そうよ。私、笹森さんと結婚するんだもの。これ以上の幸せはないよ！　笹森さんが
いれば、私、どんなことにも耐えられる。どんなことがあっても負ける気なんてしな
いわ！
と、心の中で意気込む私の脳裏に、ふと、笹森さんを狙う会社のお姉様達の姿が浮か
んできた。そのお姉様達の刺さるような鋭い視線が、一気に私に向かってくるのを想像
しぞっとする。
……ヤバイ、本気で怖い。やっぱり無理、無理!!
「……あの、肉食女子が怖いんで会社に言うのはやめませんか」
「は？」
社内恋愛は秘密のままでいいですよ……

八　社内恋愛は、もうおしまい

入籍する前に私の両親に挨拶《あいさつ》をするため、笹森さんの運転する車で私の実家に向かった。

隣県にある私の実家は、アパートから高速道路を利用して一時間半の場所にある。

「私の母、結構テンション高いんですけど、大丈夫ですか？」

車の中で、この後のことを想像してそわそわしながら尋ねる。

「え、お前のお母さんなのにテンション高いの？」

笹森さんが不思議そうな顔をして聞いてきた。それってどういう意味ですか。

実家に着き、笹森さんがガレージに車を入れている間、私は先に降りて家族に到着を告げ《つ》げに行く。ところが、玄関を開けた瞬間、興奮した母が飛び出してきた。

「あ、お母さんただいま。今車停め……」

「ちょ、ちょっと未散!!　今窓からちらっと見えたけど、あんたの彼氏って超イケメンじゃない!?」

事前に連絡していたとはいえ、久しぶりの娘の帰省だというのに、母の関心は彼氏に対してのみだ。

まぁ相手は笹森さんだしなぁ……母のこんな反応も仕方がないと私も思う。

今日の笹森さんのいでたちは、グレーのスーツに薄い黄色のネクタイ。それに髪もちゃんとセットしてあって、いつも以上にパリッとしててイケメン度がアップしている。

こんな彼の姿を間近で見たら、ミーハーな母は騒ぎそうだな……

なんて思っていたら、予感は的中した。

「初めまして。未散さんとお付き合いさせていただいてます、笹森柊と申します」

改めて私の隣に並んだ笹森さんの、輝くような営業スマイルにやられたのか、母は軽くパニックを起こした。

「えっ、こちらが笹森さん⁉　このイケメンが⁉　キャアアアーー‼　超イケメンーー‼」

笹森さんを見たまま興奮して叫ぶ母に、笹森さんも困惑気味だ。

その後リビングに移動して、父や兄と対面したのだが、そんな中でも頬を赤らめ一人で舞い上がっている母はやたら手料理を出しまくった。

母も母なら、兄も兄で……

「未散さんとの結婚をお許しいただきたく……」

笹森さんが真面目にそう切り出したところで、急に割り込んできた。

「君、本当にいいのか？　こんな地味な女で本当にいいのか⁉　こいつは高校時代、パジャマと制服と中学時代のジャージで過ごしてた女なんだぞ？　考え直すなら今だ！」

兄は身を乗り出し、今まで私が隠していた事実を暴露した。そのうえ私の幼少期のアルバムまで持ち出してきたので、久し振りの兄妹喧嘩《げんか》が勃発する。

「か、隠してたアルバム持ち出すなんて卑怯《ひきょう》よ‼」

「うるせえ、俺は兄として、妹が過去を偽ったまま嫁に行くのを黙って見過ごすなんてできねえんだよ‼」

父はそんな私達を冷静に眺めながら酒を飲み、ぽつりと呟《つぶや》いた。

「笹森君、まぁ、なんだ、こんな感じの子だけどよろしく頼むわ……」

笹森さんは騒ぎの中で、ちゃんとその呟きを聞き取り、しっかり頷《うなず》く。

「はい。大切にします」

その言葉が聞こえて、ちょっと泣きそうになってしまった。

なんだか散々な初顔合わせとなってしまい、笹森さんの感想が気になって仕方ない。

家を出て、ビクビクしながら車に乗り込むと、ドアを閉めた笹森さんが噴き出した。

「お前んち、おもしれー‼」

そう言って、大笑いしている。

こっちは恥ずかしくて仕方なかったけど……受け入れてもらえて心から安心したの

だった。

その翌週は、笹森さんの家に行くことになった。

お付き合いしている相手の実家に行くなんて初めての経験で、不安だらけだ。

「あの、やっぱり服装は清楚な感じでまとめた方がいいですか?」

気になって笹森さんに聞いてみたら、「いや、普通でいいけど」という返事をされて、ますます混乱する。

普通って!! こんなときの普通が分からないんですけど!!

それでもネットで調べて、落ち着いた色合いのワンピースで行くことにした。

「笹森さんの家って、どんな感じですか?」

「普通だよ。農家だから土地は広いけど」

ところが、いざ笹森家に到着すると、私はあんぐりと口を開けたまま閉じることができなかった。

なにこの……広大な土地は!!

「あそこに見えるのが実家。同じ敷地の隣が祖父母の家。この辺のビニールハウスから家の向こうの田んぼまでがうちの土地」

「……」

見渡す限りが笹森家の土地と言われて、驚きで声も出ない。

広い庭のある立派な日本家屋に到着し、出迎えてくれたのは綺麗なお母様。

「はっ、初めまして、横家未散と申します」

緊張して深々と頭を下げて挨拶《あいさつ》をする。

「まあ、可愛らしいお嬢さんだこと。さぁ上がって上がって」

優しい笑顔で中に招き入れてもらって、ほっとした。

広い和室の居間に通されると、笹森さんのお父さんが待っていてくれた。

お父様は背が高くて、若い頃はさぞかしモテたんだろうな、と思えるダンディなおじさまだった。

笹森さんはお母様似かな。

お兄様はお仕事が忙しいらしく不在だったけど、写真を見せてもらったら笹森さんをちょっとワイルドにした感じのこれまたイケメンだった。

お母様の美味《お》しいお料理にもてなされ、ああ……私この家の嫁になるのね……と喜びを噛み締める。すると、玄関から「柊かー⁉」としわがれた声がした。

そこに現れたのは、作業着に身を包んだお祖父《じい》さん。

慌《あわ》てて自己紹介をすると「柊をよろしくお願いします」と逆に頭を下げられてしまい恐縮しきりだった。

お祖父さんは、お仕事での農業はお兄さんに任せたけど、自宅の隣の畑で趣味として作っているそうで「野菜持ってけ」と玄関にたくさんの立派な野菜を置いていってくれた。

笹森家は敷地はでかいけど、あったかい普通の家庭だった。


「笹森さ〜ん」

「……あっ。はいっ」

名前を呼ばれ、私は慌《あわ》てて立ち上がる。

「名前と住所変更の手続きが完了致しましたので、ご確認をお願いします」

「はい」

今日は有給休暇を取って市役所や金融機関巡《めぐ》りをしている。

結婚するにあたり、正直、やることがありすぎて結構大変だ。

それに、まだ新しい苗字に慣れないんだよね。一瞬誰のこと？　って思っちゃうよ。

どれくらい経てば慣れるのかなー。

付き合い出してから半年後、私達は入籍した。

結局笹森さん狙いの肉食女子の目が怖くて、会社で婚約発表はしなかった。

笹森さんは文句を言っていたけど、こっちの身にもなってくださいよ。あんな、近藤さんなんて目じゃないような怖い人達の標的になるのは真《ま》っ平御免《ぴらごめん》です！

こう見えて私、結構メンタル弱いですから！

そんな感じで婚約発表を渋っていた私に、痺《しび》れを切らした笹森さんがついに行動を起こした。

「もう待てない、限界。結婚したい」

そう言って、白い小箱に入った指輪と婚姻届をテーブルに置く。

まあゆくゆくは結婚するのだし、公表するかはともかく、あっさり指輪を受け取った。

「はい。よろしくお願いします」

今にして思えば、ムードも何もなかったな。

小さな白い箱から指輪を恐る恐る取り出して凝視する。真ん中に大きなダイヤが輝き、その周りをぐるりと小粒のダイヤが飾っている。

「エンゲージリングってやつだ」

「す、すっごおおい……素敵ですっ、ありがとうございます柊さん!!　……でもサイズよく分かりましたね」

左手の薬指に嵌《は》めたらぴったりだった。

「寝てる間に測っておいた」

さすが笹森さん、抜かりない。でもこんな凄い指輪、普段使いにはしにくいよ。それを正直に伝えると、普段付けるマリッジリングは二人で買いに行こう、と言われた。

ニマニマと左手の薬指に嵌《は》まった指輪を眺めていた私の視線が、ふとテーブル上の婚姻届で止まる。

よく見ると、保証人の欄には我が社の社長と奥様の名前が……いつの間に……

それからしばらくして、私は笹森さんのマンションへ引っ越した。

涙を呑んで大量の漫画や雑誌を処分して、家電は処分したり欲しい人にあげたりした。

それだけ荷物を減らしても笹森家の空き部屋を一部屋丸々占拠してしまったが……

あんな狭い部屋の中に、よくぞあれだけたくさんの物が入っていたと我ながら感心してしまう。

そうして引っ越してきた日は、笹森さんに熱烈に歓迎された。

「今日からお世話になります」

ぺこりと頭を下げると、そのままハグされた。キッチンに立てば後ろから抱き付いてくるし、お風呂は一緒に入るって言うし、もちろん夜も一緒。

実は笹森さんって甘えたがりなのかな、と思ってしまった新妻なのでした。

名義変更の帰りに、スーパーで夕飯の食材を買う。少しずつ慣れてきたマンションに帰り、私は夕飯の支度を始めた。

あんなにしなかった料理も、今はできるだけするようにしている。笹森家から割と頻《ひん》繁《ばん》に野菜が送られてくるので、作らないと消費できないという事情もあるんだけど。

今日はたくさんあるジャガイモを使おう。そう思った私は、早速ジャガイモをスライスして同じくスライスした玉葱《たまねぎ》と一緒に水とコンソメで煮る。それをミキサーにかけて、ボウルに移したら牛乳でのばして私アレンジの簡単ヴィシソワーズの出来上がり。これを冷蔵庫に入れて冷やしておく。

メインは春キャベツを使ったパスタにしようかなー。

あ、そうだ、せっかくだからあれも出そう。

冷蔵庫からそれを取り出して、包丁で切り始めると玄関で音がした。料理を中断して玄関に向かうと、笑顔の笹森さん……もとい、旦那様の柊さんがそこに。

「ただいま。手続き終わった?」

「はい。大体。名前、笹森未散に変更してきましたよ」

靴を脱いで家に上がると、柊さんは鞄を持っていない方の手で軽く私を抱き締め、頬にちゅ、とキスをした。

「笹森未散か。なんか字面《じづら》が俺より格好よくないか?」

「そうですか?　横家より画数少なくてちょっと楽になりました」

「……もう奥さんなんだから、いい加減敬語やめたら?」

柊さんがネクタイを解きながら、少し不満げに言った。結婚したと言っても、そんなすぐには口調を変えたりできません。

「敬語の方がなんとなくしっくりくるんですよ……」

柊さんから脱いだシャツを受け取って洗濯籠に入れた。

『柊さん』って呼ぶことにもまだ抵抗があるのに。

「あ、何この立派なハム」

柊さんがキッチンに来て、まな板の上にあるハムを覗《のぞ》き込んだ。

「株主優待で送られてきたんです。早速味見しようと思って」

私が少しハムをスライスして「はい」と差し出すと、柊さんはパクリと食べた。もぐもぐ咀嚼《そしゃく》しながら「……うん、旨《うま》い」と頷《うなず》く。

「ここのメーカーのハムは美味《おい》しいんですよ～」

「ハム好きなの？」

「はい！　これだけでご飯のおかずになるじゃないですか」

嬉々《きき》として答える私を見て、柊さんはなるほど、と頷いた。

「じゃあ俺もその会社の株買うか」

「そしたらハム二セット来ますね!!　やったー」

喜ぶ私を見て、柊さんがフッと笑みを漏《も》らす。

「お前、ホント食べ物に弱いよなー」

「そうですかね?」

「そうだよ。最初に出張先のホテルで一緒に飯食ったときだって、料理が運ばれてくる度に感動してたじゃん」

そのときを思い出したのか、柊さんがくくく、と肩を震わせた。

「だって、やっぱり一番簡単に幸せを感じられることといったら、美味しいものを食べてるときじゃないですか?」

「まあ、そうかもな」

「でも今は、柊さんと一緒に居られることが一番の幸せですよ?」

ちょっと照れつつ柊さんをチラ見すると、何を考えているのかニヤニヤしながらこっちを見ている。

「……何笑ってるんですか」

「んー? 美味しい食べ物与えて、こんな可愛い未散ちゃんと結婚できた俺って幸せだなって」

「決して食べ物に釣られたわけではないですよ」

食べ物に釣られて大事な一生を決めたりなんてしません……

すると後ろから柊さんが私の体に腕を回してきた。

「未散、可愛い。食事の前にお前を一口味見したい」

「ひ、一口って、なんですか……」

そう言われてかぁっと顔が熱くなり、後ろにいる柊さんを見上げると、そのまま唇にキスが降りてきた。優しく唇を食《は》むようなキスをした後、唇を離した柊さんは、私の髪をくしゃっと撫でてから「着替えてくる」と言ってリビングを出て行った。

「う、うわあ……」

心臓がバクバクいってる。一緒に生活を始めてから、柊さんはこんなふうに度々甘いことを囁《ささや》いては、私をドキドキさせるのだ。

もう夫婦だというのに、旦那様にこんなにドキドキするなんて、私これから大丈夫かな？

「今日はパスタ？」

グツグツと沸く大量のお湯の入った鍋の前に立つ私の横に、ジャージに着替えた柊さんが近づいて来る。

「はい。春キャベツ美味《おい》しいから、シンプルにオイルと塩でパスタに」

喋《しゃべ》りながら鍋にパスタを投入し、タイマーをセットする。柊さんは私の行動を見ながら感心したように頷《うなず》いた。

「お前、結構料理上手《うま》いよな。それに手際がいい」

「おお？　ほんとですか？　できる嫁っぽいですか？」

柊さんは、調子に乗る私を楽しそうに眺めると、「うん。できる嫁だ」と言って私の腰に手を回し、引き寄せる。

柊さんのマンションに越してきてから、自分でも驚くぐらい張り切って料理をしている。

だって、このマンションのキッチン広くて綺麗だし、機能的で私が住んでたアパートと全然違うんだもの。環境って結構大事だな〜なんて、ここに来てよく分かった。

いや、それ以前に食べてくれる人がいるっていうことの方が大きいか。

「ハムは……やっぱハムステーキですよね？」

「厚く切って？」

「はい!!」

そう。こんな立派なハムが手に入った時にしか食べられない、念願のハムステーキ!!

軽く焼いて塩コショウしていただきます！

いそいそとダイニングテーブルに食事を運んでいたら、柊さんが何かを思い出したように私を振り返った。

「あ、そうだ。会社に報告したから」

「……えっ？」

私は動きを止め、柊さんを見る。

「もう、全部バラした」

彼は悪戯《いたずら》っ子のような顔で私を見る。

――はっ⁉

「えええええーーっ‼」

気がついたら驚きのあまり両手で頭を押さえ叫んでいた。

ちょ、ちょっと！　なんてことしてくれるの柊さん⁉　明日、総務課長と美香ちゃんに頼んで、こっそり変更手続きしようと思っていた私の思惑《おもわく》が、一瞬でパーじゃないのっ‼

動揺する私の思考をまたしても読み取ったのか、柊さんは悪びれもせず笑っている。

「入籍したんだし、いいじゃん。これで堂々と、未散は俺のものだって言える。それにみんな祝福してくれたぞ」

そう言って私の頭にポン、と手をのせた。

「じょ、女性社員の反応は……」

「ん－、何人かの人におめでとうって言われた」

茫然《ぼうぜん》として言葉が出ない私に、柊さんは優しく微笑みかける。

「大丈夫だって！　なんとかなるさ」

「……柊さんはいいですよ、問題は私の方なんです……絶対恨まれる……」

はあああ、と深いため息をついて項垂《うなだ》れた。

「もう社内恋愛じゃないし、家族だろ？」

「そうですけど……」

「何かあれば俺が守るから」

優しい表情でそんなことを言われると、もう何も言えなくなる。

「……はい……」

仕方ない、覚悟して会社に行くしかないな……

そんなことを思いながらも柊さんと家族になるためなら、これぐらいのことは乗り越えてみせると覚悟を決めた。

そういえば、以前柊さんに「最初に結婚を意識したのはいつですか？」と聞いたことがあった。

そのとき柊さんは、「熱出して会社休んだお前のアパートに、見舞いに行ったとき」と言っていた。

あの状況でどうして結婚を意識したのかがよく分からないのだけど、柊さんによると、「ドア開けた瞬間に、『あ、俺こいつと結婚するかも』って思った」のだそうだ。

あんなヨレヨレの格好してても嫌いになるどころか、結婚決めちゃうなんて、何がきっかけで結婚を意識するかなんて分かんないもんだなとつくづく思う。

私達にはよっぽど縁があったということなのかな？　ってことは……ずっと恋愛に縁がないって思っていたけど、それって柊さんと出会うための準備期間だったのかもしれない。

だとしたら、彼氏いない歴二十六年も無駄じゃなかったんだと思える。

私は愛しい人を見つめながら、幸せな気持ちでいっぱいになったのだった。

書き下ろし番外編

我が家のスパダリ

社内でも人気のイケメン笹森柊さんと結婚した私、横家未散。それに伴いこれまで所属していた営業部から、古巣の総務部総務課に戻ることになった。

仕事内容はもう分かっているし、部署の顔ぶれも私がいた頃とあまり変わりない。なので営業部に異動した時と比べたら気持ちはだいぶ楽だ。ただ、吉村さんや三上君といった営業部で知り合った仲間との別れは、ちょっと寂しいけれど。

営業部での勤務の最終日は、吉村さんとお蕎麦《そば》屋さんでランチをすることにした。注文を済ませお蕎麦を待っている間、吉村さんがしんみりとした顔でため息をついた。

「横家さん、部署が変わってもこれまでみたいに仲良くしてね？　私、顔は広いけど意外と交友範囲狭いのよ。だから営業部から横家さんがいなくなっちゃうの寂しいわ～」

「もちろんですよ！　私も寂しいですけど、こればっかりはどうしようもないですから。それより私の後任って決まったんでしょうか。そこが気がかりです」

そう……なんせ過去にアシスタントを務めた女性社員は一部の方を除き、ほとんどが柊さんの魅力にやられたと聞く。いくら柊さんが既婚者となったとはいえ、女心はそう簡単に割り切れないんじゃないかな、と私は思うのである。

つまり簡単に言うと、凄く心配なのだ。

「ああ、笹森君のアシスタント、後任決まるまでしばらく私が兼任することになったの。それと今後は女性じゃなくて、男性のアシスタントもありらしいから。笹森君の場合は男性社員が付くと横家さんも安心よね」

「そうなんですか！　そ、それなら安心かな……」

よかった、吉村さんなら安心だし、その後も男性社員が付くなら私も余計な心配しなくてすみそう。

ほっとしながら運ばれてきた天ぷら蕎麦に箸をつける。つるつるっと喉《のど》ごしのよい二八《にはち》蕎麦を提供してくれるこの店は、ランチタイムになると近隣で働く会社員で満席になる人気店だ。

私が美味《おい》しいお蕎麦に舌鼓《したつづみ》を打っていると、「あとね」と吉村さんが口を開く。

「うちの貢君が、私が話していたせいもあるんだけど、二人にずいぶんと興味があるみたいでね。よかったら、今度うちで一緒に食事でもどうかって。落ち着いたらそのうち笹森君と一緒に遊びに来て」

サクサク音を立てて、吉村さんが海老《えび》天を美味しそうに頬張る。ちなみに貢君というのは、吉村さんの旦那様であり、我が社の社長である。

「ええっ、そうなんですか？　ありがとうございます、嬉しいです……っていうか前も思ったんですけど、社長に私たちの何を話しているんですか……？」

恐る恐る吉村さんに尋ねると、彼女は口に手を当てにっこり微笑んだ。

「ホホホ。横家さんがうちの部署に来た頃から事細かに貢君に話してたからね。彼も二人の恋路を遠くから見守っていたような感覚なのよ、きっと」

「きょ、恐縮です……」

私たちの知らないところでまさかの社長が見守ってくれていたなんて。普通にびっくりである。

「そんなに恐縮しなくても大丈夫よー。貢君、会社では威厳を保ってるけど、家に帰れば普通のおじちゃんだから！」

「ええ、そんな……それは吉村さんの前だけじゃないんですか」

「えー、そうかな？　どうだろ」

吉村さんが首を傾《かし》げて考え込む。そんな彼女の姿を眺めながら、私ははあ～とため息をつく。

社長に恋路を見守られていたのはちょっとびっくりだけど。

しかし……これ柊さんに言ったらどんな反応するだろう。前に柊さん、社長のこと凄く気難しい人だと思ってたって言ってたしな。絶対驚くか、イヤそうな顔するかな。

お蕎麦《そば》を啜《すす》りながら、私はぼんやりと柊さんの反応を想像して、くすっと笑う。

――でも驚いた顔も、素敵なんだけどね。

私の旦那様は、どんな表情もうっとり見惚《みと》れてしまうほど、いい男なのだ。


総務部に異動して数日後。普段はあまり残業もないのだが、その日はたまたま仕事が残ってしまい、少しだけ残業することになった。

休憩時間に柊さんにそのことを連絡すると、彼は今営業先にいて、今日はそのまま直帰することになっているのだという。

――てことは、今日は柊さんの方が先に家に到着するのか。夕飯遅くなっちゃうかもしれないけど、大丈夫かな？

私がそのことを気にしてメッセージを作成していると、先に彼からメッセージが送られてきた。

【先に家帰って食事の用意しておくから】

「え！　ほんとに⁉」

慌《あわ》てて本当にいいのかとメッセージを送ると、あっさり【いいよ】と返事が返ってきた。その瞬間私は歓喜の渦に巻き込まれる。

——柊さあああん！　ありがとうっ……！　何気に凄く嬉しいよお——!!

家に帰れば温かいご飯ができているという、なんて素晴らしい展開。さすが我が家のイケメン・スパダリ旦那様!!

スマホを握りしめ天を仰ぎ、私は喜びを噛みしめた。そうと決まれば、早く家に帰るために急いで仕事を終わらせなきゃ！

愛する旦那様の手料理はどんな栄養ドリンクよりも私の力を漲《みなぎ》らせるのだ。その結果、予定よりもだいぶ早く仕事が片付いた。

——ほんとに早く終わったよ。柊さんの手料理の力は偉大だ……

家で旦那様が料理を作って待っている。そう思うだけでいつもより足取りが軽い。

マンションに到着し、勢いよく我が家のドアを開ける。するとその瞬間、香ばしい醤油《しょうゆ》のような香りが私の鼻を掠《かす》めた。

——いい香り～！　柊さん何作ってるのかな？

一目散にキッチンへと足を運ぶと、腰にカフェエプロンを巻いた柊さんが、コンロの前に立っていた。

「お帰り。思ってたより早かったな。夕食、もうほとんどできてるから着替えてきな」

「わー、ありがとう柊さん！　ちなみに何作ってたんですか？」

彼の横からぐつぐつと煮立つ鍋の中を覗き込む。その中にはタレに沈む豚肉らしき肉の塊《かたまり》が入っていた。

「角煮。今日昼飯で食べた弁当にちょっとだけ角煮入ってて、食べたらすげえ後引いてさ。久しぶりに作りたいなと思ってたんだ。そこにちょうどお前から残業の連絡来て、あーこれはもう自分で作るしかないなと」

「角煮かあ！　そういえば前によく作るって言ってましたもんね。すっごく美味《おい》しそうですよ！」

「ちなみにこれだけじゃないぞ。ほかにも何品か作ってある」

そう言って柊さんが冷蔵庫と鍋を指さした。

「えっ」

柊さんがサラリと言うので周囲をチェックする。すると冷蔵庫の中にはすでにできあがったポテトサラダ、鍋の中にお味噌汁、小皿にワカメとキュウリの酢の物があった。

ええーーっ、柊さん凄くない⁉

「何気にめちゃくちゃ手際いいじゃないですか！　もしかしたら私よりも料理上手なんじゃ……」

こう言いながら疑惑の眼差《まなざ》しで柊さんを見る。すると彼はぎょっとして、ぶんぶんと頭を振った。

「そんなことはない。俺、決まったものしか作れないから。お前の方が冷蔵庫の中身だけでちゃちゃっと手早く作れるじゃん。そっちのほうが凄いと思うぞ」

「そ、そうかな?」

褒《ほ》められると調子に乗る横家未散改め、笹森未散二十七歳。この性格は結婚しても治らない。

そんな私を見てククっと肩を震わせて笑う柊さん。

「ほら、いいから着替えてこい。早く食おうぜ」

「はい!」

柊さんにせかされ、急いで着替えを済ませてリビングに戻る。

するとダイニングテーブルに食事がキッチリと並べられていて、私はその光景に目を奪われた。

「おおお……すご、さすが柊さん!」

「さ、飯にしよ」

私が席に着いたのを見計らって、柊さんが温めたお味噌汁を出してくれる。具材はなめこと豆腐と葱《ねぎ》だった。

「ありがとうございます~。じゃ、いただきまーす!」

「いただきます」

まずお味噌汁に口をつけてから、柊さん渾身《こんしん》の作である角煮に箸《はし》を伸ばす。口に入れた瞬間にお肉がとろけるように柔らかくて、甘辛い味が食欲をそそる。

　柊さんすごっ！　めちゃくちゃ美味《おい》しい。

「おっいしい!!　すっごく柔らかいですよ、この短時間でよくここまで柔らかくできましたね？」

　私が驚くと、柊さんの顔が嬉しそうに綻《ほころ》んだ。

「家に帰ってからすぐに下処理してタレ作って圧力鍋で煮たんだ。やっぱ圧力鍋は凄いよ、こんなに柔らかくなるんだもんな」

「美味しい～。味も私好みですよ、ご飯が進みます。ポテサラも美味しい。柊さんが作るポテサラ食べるの初めてです」

　そうだっけか、と言いながら柊さんがポテサラを小皿に盛る。そしてぱくっと口に運んだ。

「うん、うちの実家の味だな。こういうのって家庭毎《ごと》に味や具に違いが出るよな。うちは人参、キュウリにハム入れてマヨネーズと塩こしょうで味付けっていうオーソドックスな感じ」

「うちもこんな感じですよ。あ、でも新玉葱《たまねぎ》を薄くスライスして入れたりもしますね。友人の実家で食べた時は薄切りのリンゴが入っていたこともあるし……」

「ああ、俺も食べたことある。食感がいいよな、あれ」

パクパクと食べ進みながら、両家の味トークは続く。味噌汁の具はこう、とか豆腐は絹ごし派か木綿《もめん》派か。いろいろ聞いていると結構違いがあって、なんだかとっても興味深い。

いつか……いつか私の作る料理が柊さんの言う「我が家の味」になればいいな。

そんなことを考えながら、楽しい夕食のひとときを過ごした。

食事を終え、後片付けをしてのんびりとお茶でも飲むかと、二人でソファーに腰を下ろす。

「あ、そうだ。今日、社長がうちの部署に来たんだけど」

緑茶の入ったマグカップを手にしていたら、柊さんが急に思い出したように口を開く。

「えっ、社長？」

それを聞いて先日吉村さんが言っていたことを思い出した。あの日言われたことはその日のうちに柊さんには伝えている。となると、社長が現れたのは別件でかな？

「うちの部長に用があったみたいなんだけど、その後俺んとこ来てさ。なぜか知らないけど俺の背中を無言で叩いて、何回か頷《うなず》いてからうちの部署を出て行ったんだ。なんだったんだ、アレ？」

お茶を飲みながら、柊さんが首を傾《かし》げる。

「さあ……頑張れよって発破《はっぱ》かけたとかじゃないですか？　吉村さんからいろいろ聞い

てるわけだし……きっと応援してくれてるんですよ。ありがたや、ありがたや」

私が両手を合わせてありがたがる。すると私を見ていた柊さんが額《ひたい》を押さえ項垂《うなだ》れた。

「お前は昔の社長を知らないから……あの人は俺が入社した頃から冷酷非情《れいこくひじょう》の元営業部長って有名だったんだぞ。あの人に睨《にら》まれたら社にいられないとか、周りがそんなことばっか噂してたせいで俺は今でもなんとなく社長には近寄りがたいんだよな。だから吉村さんがあの社長の奥さんだと知ったときは、平静を装《よそお》ってはいたけど実はめちゃくちゃ驚いてた」

——えっ、そうなの？　そこまで？　し、知らなかった……

「そうだったんですか……でもそんな人と結婚しちゃう吉村さんも凄くないですか？　二人でいるとき、吉村さん社長のこと『貢君』って呼んでましたよ？」

「そう。凄いんだよ。何がって聞かれても上手く言えないけど……」

「例えて言うなら猛獣使いみたいな感じですかね？」

「う、うん、まあ……すっげー分かりやすく言うとそんな感じ」

ちょっとだけ柊さんが脱力する。

うん、でも柊さんが言おうとしてることなんとなく分かるよ。

仕事中はめちゃくちゃおっかない社長も、吉村さんの前では、奥さんを愛するただの男の人になってしまうってこと。

「でもそれって、女性からしたら嬉しいことですよ。好きな人が自分の前では本当の自分を曝《さら》け出してくれるってことでしょう？　なので柊さんもどんっどん、本当の自分を私に曝け出してくれていいですよ？」

私がニヤニヤしながら柊さんの肩に自分の頭をこてん、とのせる。すると私の頭にぽん、と手をのせながら柊さんが呆れたように言い放つ。

「何言ってんだ、俺結構早い段階でお前には素の自分見せてるぞ。そっちこそどうなんだよ、ちゃんと俺の前で本当の自分出してるのか？」

なんとブーメランになって戻ってきた。

「え？　出してますよ、これ以上ないってほどに。柊さん、もう私に関して知らないこととかないでしょう？」

「どうだかなー。定期的にお前宛で来る宅配便の中身とか、お前絶対見せてくれないじゃん」

そう言って柊さんがニヤッと笑う。思わぬところを突かれて、私は一瞬口ごもる。

「なっ。何を言っているのか、全然わかりません……」

さりげなく柊さんから視線を逸《そ》らす。そんな私を柊さんはフッと鼻で笑った。

「そう言うなら『見てはいけない』の貼り紙してクローゼットにしまい込んでる、あの箱の中身がなんなのか俺に教えてくれてもいいんじゃねーの？」

「げっ!!　それはっ……無理っ……！」

——だってあの箱の中身は、総務課の女性社員に薦められて購入したＴＬ漫画だから!!

私の萌えがたっぷり入った段ボールの中身を柊さんに見られたら、恥ずかしくて悶死する。

「まあ、何が入ってるのか大体察しはつくけどな。別に隠れなくても俺の目の前で堂々と読めばいいのに」

「それは無理です～！　私にも羞恥心《しゅうち》というものがありますので……」

「ぶふっ、今更だろ」

柊さんが笑い転げるのを、「笑いすぎ……」と私は生暖かーい目で見守る。

それにしても柊さんは本当に素敵な旦那様だ。

イケメンで優しくて、妻の趣味にも寛容で料理もできちゃうなんて、柊さんはどこまで完璧なのだろう。そんな彼の隣にいるのが私だなんて未だに信じられないなー……

でも……ずっと彼の隣にいたいから、彼の奥さんとして周囲に認められるよう、私も頑張ろ。

そう思わせてくれる彼に感謝しつつ、私は楽しそうに笑う柊さんにつられて笑い出すのだった。

年齢＝彼氏ナシを更新中の未散《みちる》、26歳。ある日彼女は、酔ったはずみで、社内一のモテ男・笹森《ささもり》に、いまだに男性経験がないことを嘆いてしまう。すると彼が「それなら俺で試してみる？」と誘ってきた！　おまけに、そのまま彼と付き合うことになったけれど、この関係は、会社では絶対秘密だと口止めされて!?

B6判　定価：640円＋税　ISBN 978-4-434-23760-7

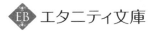

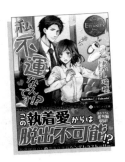

OLの華《はな》は近々、退職して留学する予定。…のはずが、留学斡旋会社が倒産し、払った費用を持ち逃げされてしまった。留学も仕事も住むところもなくなる華。そんな中、ひょんなことから営業部のエース外山《とやま》と一夜を共に！　さらに、自分のどん底状態を知った彼から「住み込み家政婦として俺の家で働かないか？」と提案されて——!?

B6判　定価：640円＋税　ISBN 978-4-434-23649-5

NB ノーチェ文庫

身も心も翻弄する毎夜の快楽

囚われの男装令嬢

文月蓮《ふみづきれん》　イラスト：瀧順子

価格：本体 640 円+税

女だてらに騎士となり、侯爵位を継いだフランチェスカ。ある日、国境付近に偵察に出た彼女は、何者かの策略により意識を失ってしまう。彼女を捕らえたのは、隣国フェデーレ公国の第二公子・アントーニオ。彼は夜毎フランチェスカを抱き、甘い快楽を教え込んでいき――

詳しくは公式サイトにてご確認ください

http://www.noche-books.com/

携帯サイトはこちらから！

本書は、2016年 1月当社より単行本として刊行されたものに書き下ろしを加えて文庫化したものです。

エタニティ文庫

誘惑《ゆうわく》トップ・シークレット

加地《かじ》アヤメ

2017年 11月 15日初版発行

文庫編集－塙綾子
発行者－梶本雄介
発行所－株式会社アルファポリス
〒150-6005 東京都渋谷区恵比寿4-20-3 恵比寿ｶﾞｰﾃﾞﾝﾌﾟﾚｲｽﾀﾜｰ5階
TEL 03-6277-1601（営業） 03-6277-1602（編集）
URL http://www.alphapolis.co.jp/
発売元－株式会社星雲社
〒112-0005東京都文京区水道1-3-30
TEL 03-3868-3275
装丁イラスト－黒田うらら
装丁デザイン－ansyyqdesign
印刷－大日本印刷株式会社

価格はカバーに表示されてあります。
落丁乱丁の場合はアルファポリスまでご連絡ください。
送料は小社負担でお取り替えします。

ISBN978-4-434-23883-3 C0193